高名凯译文集 14

发明家的苦恼

《幻灭》三部曲之三

（法）巴尔扎克 著

海峡出版发行集团 THE STRAITS PUBLISHING & DISTRIBUTING GROUP | 海峡文艺出版社 Haixia Literature & Art Publishing House

第二天，鲁先签了护照，买了一根金雀木的手杖，花了十苏钱在地狱街广场雇了一辆旧式的两轮轻马车，到郎儒姆去。第一个旅途的夜里，他在距离阿尔巴庄二法里的一个农场的马房里睡觉过夜。当他到达奥黎昂的时候，他已经觉得很疲惫、很倦乏了；可是，花了三佛郎，他就坐船下流到杜尔，在这行程中他也只花了两佛郎的饭费。从杜尔到波瓦特尔，鲁先走了五天的旱路。过了波瓦特尔的时候，他身上只剩下一百苏。但是，为着继续他的路程起见，他就只好集结他所余下的体力。有一次，当他觉得自己在夜里失落在一个平原之中，决定要在那里露宿一夜的时候，他忽然看见一辆四轮轻马车在山溪的深处驶过山腹。他居然能够在马夫、旅客和坐在车顶的仆人的不知不觉之中躲在后面两包行李的中间，在可以避免行车的颠沛的姿势下睡觉了。清早的时候，他被刺眼的阳光和一种声音惊醒了。他认得这是孟斯勒小村落——十八个月之前，他就是在这里带着一颗满充热爱、希望和快乐的心等候着巴尔吉顿夫人。看见自己满身的尘垢，在一群好奇人和马夫的中间，他懂得自己一定要当人家的责骂的对象；他一脚跳了下来，预备说话，然而两个旅客却从车中跳了出来，打断了他的话。他看见这是新任查兰特州长查特利伯爵和他的新夫人纳格礼柏里斯·路易丝。

“要是我们知道碰巧遇到这么一位同伴的话！”伯爵夫人说，

“上来跟我们在一块儿罢，先生。”

鲁先冷冷的向这一对夫妇行礼，给他们投去一道又是谦卑又是逼刺的眼色，就在孟斯勒前面一条横路上落荒走去，希望能够走到一个可以吃到面包和牛奶的农场，去休息，去默思他的前途。他还有三个佛郎。满身的发烧，这位《群芳集》的作者跑了很长的时间，顺着河流走下，一面研究着渐渐变成图画一般的地形的分布。将近中午的时候，他到达了一个地方，一派清水，围着垂杨，形成一个湖沼。他站住了，欣赏了一下这新鲜而碧绿的小树林，田野的韵致感动了他的心灵。一个接近河湾上所坐落的磨坊的房子就在树端上露出它那饰有佛甲草的茅盖。这个粗朴的房屋的正面所有的唯一的装饰就是新生的茉莉、忍冬花和酵母花，房屋的四周开放着无数的野禾花和最壮丽的茂盛植物的花朵。一个粗木桩撑住潮水涨溢的堤岸，在这木桩所留止的铺石层的上面，他看见有许多张开晒太阳的渔网。一群鸭子在磨坊那一边两个澎湃的水门之间的一洼清水中游泳着。在一张粗凳上，诗人看见一位肥胖的村妇在编织毛织物，在看视一位玩弄母鸡的孩子。

“好太太，”鲁先走向前说，“我太累了，我发烧了，我只有三个佛郎；您愿意借给我黑面包和牛奶，让我在草梗上睡一星期吗？我有时间给我家里写信，他们会给我寄钱来，或是到这里来找我。”

“欢迎，欢迎，”她说，“只是，得有我的丈夫的同意——嘿！小家伙！”

磨坊工人走了出来，他看了看鲁先，就从嘴里放下烟斗，对鲁先说：

“三个佛郎，一星期？还不如不给钱。”

“说不定我最后会当一位磨坊的伙计哩。”诗人欣赏这甘美的野景，在睡觉之前，就对自己这样说。床是磨坊女人给他预备的，他在那里睡觉的样子简直吓坏了他的两位主人。

“古尔多瓦，你去看看这位年青人到底是死的还是活的，他睡了十四个钟头了，我不敢到他那儿去。”第二天近午的时候，磨坊女人说。

“我相信，”磨坊工人一面展开渔网和打鱼的器具，一面回答说，“我相信这位漂亮的孩子一定是一个扮演喜剧的戏子，一个铜子儿也没有。”

“你怎么知道呢，小家伙?”磨坊女人说。

“好家伙，他不是王子，不是大臣，不是议员，不是教主，为什么他的两只手就雪白得和什么事也不做的人一样呢?”

“真奇怪，肚子饿也还不醒。”刚给隔夜偶然到来的客人预备好饭的磨坊女人说。“一位扮演喜剧的人?”她接着说，“他要到那儿去呢？安古莲的定期市场还没有到时候哩。”

磨坊工人和他的妻子都不知道：虽然他并不是单单的仆人、王子或主教，然而他却同时是王子，又是仆人，又是一个穿上司铎大衣的人，似乎什么也不干而能够统治全人类的诗人——如果他知道描绘人类的话。

“他到底是谁呢?”古尔多瓦对他的妻子说。

“接待他有危险吗?”磨坊女人问。

“嘿！盗贼比这个敏捷，我们早就应当被偷了。”磨坊工人接着说。

“我既不是王子，也不是贼，也不是主教，也不是戏子。”鲁先悲惨的说，他突然的起来了，无疑是从十字窗上听到夫妇两人的商议。“我是一位走累了的可怜的年青人，我是从巴黎步行到这里来的。我名叫吕崩柏礼·鲁先，我是湖姆药商步斯特尔的前辈查尔登先生的儿子。我的姐姐是安古莲城桑林场的一个印刷家施且尔·大卫的妻子。”

“等等!”磨坊工人说,“这位印刷家不是那位经营马尔萨克土地的老滑头的儿子吗?”

“正是他。”鲁先回答说。

“一个坏父亲,您听!”古尔多瓦接着说。“人家说他把他儿子铺里的东西都卖掉了,他有了不止三十万佛郎的财产,还没有算他所得到的私蓄。”

当灵魂和肉体在长时期的苦斗中破坏了的时候,随着过度用力的时刻而来的不是死亡就是类似死亡的时候全查兰特省的人都在谈论巴尔吉顿夫人的结婚和她跟新任州长查特利伯爵一同回到安古莲的消息,医生和教士知道鲁先在磨坊工人家里,就起了一个极大的欲望——要知道巴尔吉顿夫人跟这位青年诗人逃去而又不和他结婚的理由,要知道他是不是回到家乡来救助他的姐夫施且尔·大卫。好奇心和人道的思想,一切的一切都联合在一起,使人家马上对这位垂死的诗人加以援助。所以,古尔多瓦去了两个钟头,鲁先就听见在磨坊的铺石层的上面响着乡下医生的破马车的烂铁的声音。两位马郎先生不久就来了,因为医生是教士的侄儿。这时候鲁先就见到这些和施且尔·大卫的父亲有关系的人——他们和大卫父亲的关联就好像出产葡萄的小镇上的邻居们所有的关系一样。医生诊视了这位垂死的人,摸了脉搏,查了舌头之后,他就微微的笑着,瞧着磨坊的女人,他的态度可以打消一切的忧虑。

“古尔多瓦夫人,”他说,“我相信,如果您地窖里还有一些好酒,如果您的池沼里还有些鳗鱼的话,您就拿来给您的病人吃吧,他没有别的毛病,只是疲劳而已。吃了之后,我们的伟人就会马上站起来的。”

“啊!先生,”鲁先说,“我的病不是身病,而是心病,这些好人给我说了一句可以杀死我的话,他们告诉我在我的姐姐施且尔·大卫夫人家里发生了惨剧!我用上帝的名义来说,依据

鲁先让自己跌在一张木凳子上，和临死的人一样的惨白和萎弱。

古尔多瓦夫人的话，您会把女人嫁给布斯特尔，您应当知道一些施且尔·大卫的事情吧?”

“他好像是坐了监牢了,”医生回答说，“他的父亲不肯救他……”

“坐监牢!”鲁先接着说，“为什么呢?”

“可不就是因为巴黎来的汇票嘛！他一定忘记了，因为他不大知道他自己所做的事。”马郎先生回答说。

“我请您们让我和教士先生在这里说几句话。”诗人说，他的姿态起了极大的变化。

医生、磨坊工人和他的妻子都出去了。当鲁先看见只有自己一个人和老教士在一起的时候，他就叫着说：

“我觉得死已经到来了，我是该死的，先生，我是一个极大的可怜虫，我只有投进宗教的怀抱里。先生，我是杀害我的姐姐和我的哥哥（因为大卫实在可以说是我的亲哥哥）的刽子手！我假造了大卫不能够付钱的期票……我毁了他了。在我极端穷困的时候，我忘记了这个罪恶。关于这些期票的追究是由一位百万富翁的干涉才告无事的。我以为他已经付清了，原来不是这么一回事!”

然后，鲁先又述了他的不幸。当他完成这首配得称为诗人所作的诗、这个狂热的叙述的时候，他就请求本堂的教士到安古莲去问问他的姐姐爱薇和他的母亲查尔登夫人这事实的真相，希望能够知道到底是不是还有补救的办法。

“一直等到您回来的时候，我还能活着,”他满面热泪的说，“如果我的母亲、我的姐姐和大卫并不推我出去的话，我就不会死的。”

巴黎人的流利的话语，这吓人的忏悔的眼泪，这位惨白而忧愁的半死的美青年，这超过人类力量的不幸的叙述，这一切都引起本堂教士的怜悯和兴味。

“在外省正如在巴黎一样，先生，”他回答说，“千万不要相信人家所说的话的一半；不要因为听了一句谣言就吓坏了，这谣言虽然只是在安古莲的三法里的路程，然而却说不定是错误的。我们的邻居老施且尔已经离开马尔萨克几天了。所以，说不定他已经在想办法和解他的儿子的事情。我就到安古莲去，再回来告诉您到底您能够不能够回到您的家里去，认错和忏悔可以帮助我给您家里人替您辩护。”

本堂教士并不知道十八个月以来鲁先曾经忏悔过不止一次，而且不论他的忏悔如何强烈，他的价值也只是和演戏的价值一样，而且又是诚恳的在扮演这场戏！教士去了，医生接着就来。知道在病人身中只有一个已经没有危险的神经的错乱，这位侄儿也就和他的叔父一样安慰他，最后就使病人恢复了。

认识本乡和本地的习惯的本堂教士就到达了孟斯勒，从吕非克到安古莲去的车不会太晚经过这里，他就在车里占了一个位置。老教士心里想要在他的侄孙女婿湖姆的药商步斯特尔处得到关于施且尔·大卫的消息。步斯特尔以前曾经因为爱薇而当大卫的情敌。看了这位小药商那样小心的扶着老人家走下从吕非克到安古莲的可怕的劣车，最钝笨的旁观者也会猜透步斯特尔夫妇正想用他们的欢迎来计算他的承继。

“您吃过饭了吗？您要些东西吃吗？我们一点儿也没有想到您会来，我们高兴得有些惊愕了。”

于是，一时之间就有一千个的问题。步斯特尔夫人是前生注定来当一位湖姆的药师的妻子。和短小的步斯特尔有同样的身材，她的脸孔是一位生长田野的少女的红脸孔；她的举止是平常的，她的美丽存在于她的鲜艳之中。她那种栽在额头很低的部分的褚色的头发，她那种和刻在圆脸孔的纹路上的简单的性格相适应的态度和谈吐，她那差不多是黄色的眼睛，她的一切都告诉我们她是为着财富的希望而出嫁的。所以，一年的结离之后，她就能够命令别人了，她就好像整个的变成步斯特尔的女主人了，步斯特尔太高兴能够得到这位女承继人为妻。步斯特尔·黎昂尼夫人（本姓马郎）养育一位男孩子，这孩子是老教士，医生和步斯特尔所疼爱的，他是一位肖似父母的顽皮的孩子。

“好吧，叔爷爷，您什么也不吃，您一来就说要走，”黎昂尼说，“那么，您来安古莲办什么事呢?”

当这位尊严的传道者说出爱薇和施旦尔·大卫的名字之后，步斯特尔不禁红了脸，黎昂尼就对这位短小的男人投去一道妒忌的眼色，这是一位完全操纵丈夫的女人没有忘记为过去、为将来而不得不表达出来的妒忌。

“叔爷爷，这些人跟您做些什么事，让您这样的管他们的闲事呢?”黎昂尼愤懑的说，她的酸味可以看得见。

“他们是不幸的人，女孩子。”本堂教士回答说，他给步斯特尔描写鲁先在古尔多瓦家里的情况。

“啊！他就从巴黎这个样子的回来吗?”步斯特尔叫了起来。“可怜的孩子！他总算是一位聪明人，然而他却有野心！他出去找谷实，却连禾稾都没有带回来。但是，他要回来这里做什么呢?他的姐姐太穷苦了，因为一切的天才，这大卫和这鲁先，他们都不会做买卖。我们已经在法院说过他，我也用鉴定人的资格在他的判决书上签过我的名字……这真使我苦痛！我不知道到底鲁先可以不可以在目前的情况下回到他的姐姐家里来；但是，无论如何，以前他在这里所住的房子还是空的，我也愿意让给他住。”

“好，步斯特尔。”教士说着，给睡在黎昂尼怀中的小孩子接了吻，然后就戴上三角帽，预备走。

“您一定得跟我们一块儿吃晚饭，叔爷爷。”步斯特尔夫人说，

“因为，如果您要弄清楚这个孩子的事情的话，您不能够马上就办完。我的丈夫可以用他的小车和他的小马送您回来。”

这两位夫妇看着他们的叔祖到安古莲去。

“他这样的年纪身体还这样的健康。”药商说。

当这位老教士走上安古莲的堡垒的时候，我们无妨解释一下他所要插足的这些事情的牵连。

鲁先动身到巴黎去之后，一天晚上，当他和爱薇一块儿坐在查兰特河畔的闸上，爱薇给他献过她的手和她的心的时候，这位有画家所画的使徒的伴侣所有的勇气和智慧的铁牛施且尔·大卫就下了决心，要实现他所愿望的巨大的快速的幸运。让他的妻子能够生活在漂亮而华丽的社会中，用他的手力来扶持他的弟弟的野心，这是用奋发的文字写在眼前的程序。新闻纸、政治、书店和文学的巨大的发展，科学的进步，讨论国家的一切利益的倾向，复辟之后所产生的一切的社会运动，这些都使纸的产量，和革命初期乌夫拉尔用同样的动机所经营的纸量来比较，差不多有十倍的增加。但是一八二一年法兰西的制纸厂已经很多了，人家不能够希望整个的独占，好像乌夫拉尔一样，在垄断它们的生产之后，来占有一切的主要工厂。并且，大卫既没有这胆量，也没有这资本来实行这种投机的事业。这时候，制造一切长纸的机器已经在英吉利应用了。所以，没有什么东西会比适应纸业对于法兰西文化的需求更为必要，这法兰西文化正在开始发展一切的讨论，休息在一个个人的思想的永久的表现上，这实在是一个不幸，因为好作空论的民族不大会实践。所以，奇怪的事情！当鲁先走进新闻界的大机器的旋涡中，冒险去把他的名誉、他的智力在那里切成片段的时候，施且尔·大卫就在他的印刷所的深处研究定期出刊物的运动所生的物质上的结果。他要使手段和结果相调和，这结果而且是时代的精神所趋向的地方。他看准要在贱价制造纸张中去寻找财富，实际的环境也确证他的预见。最后十五年之间，管理请求发给发明证的机关差不多收到了一百件所谓制纸的原料的发明。大卫觉得这种发现的用途的确切和所能够得到的利益的重要，他就在妻弟到巴黎去之后特别专心于他所要解决的问题。因为结婚的费用和支持鲁先到巴黎去的旅费消耗了他的一切的财源，他就在结婚的初期看到自己的极大的穷困。他留下一千佛郎，作为印刷所的必要的费用，又短了药商步斯特尔一张同样数目的期票。所以，在这位深刻的思想家看来，问题是双重的：必得发明一种贱价的纸张，同时还得立刻的发明出来；总之，必得利用这发明所得到的利益来应付家庭上和生意上的需要。于是，一个能够摇动隐蔽的赤贫，没有面包的家庭的景况，像印刷业这样的小心的职业的日常需要所引起的残酷的工作的脑袋就在不可知的范围中奔跑着，用学者的热诚和疯狂去追求一天比一天减除最大的细心的研究的秘密；这个脑袋得用什么话来形容呢？啊！我们将要看出，发明家还得支持不少其他的苦痛哩，还没有算到群众的无情，闲荡而无能的群众对于一位天才的意见是这样的："他生来就命里注定当发明家，他做不了别的事。我们不必因为了解他的发明而觉得高兴，更不必了解他在了解一位生为王子的人之上！他施行自然的功能！何况他已经在他的工作本身里找到他的报酬哩。"

结婚使一位少女发生精神上和身体上的深刻的变化；但是，在中产阶级的结婚条件之下，她应当更加研究新的利益，学习管理事物——从这里，她得观察，而不必举动，她得留在这种局面之下。不幸，大卫对于妻子的爱情延迟了她的教育，他不敢对她解说事情的状况，不但结婚的次日，就是更后的日子，也不敢说。虽然父亲的吝啬责罚他，使他陷入极大的穷苦里，他也不能够用职业上的悲惨的学艺和一位商人的妻子所应有的教导来决定取消他的蜜月。所以，他所剩下的唯一的一千佛郎大部分都花费在家用之上，不是花费在工场里边。无忧无虑的生活和妻子的无知无识一共经历了四个月。大卫给步斯特尔签定的期票到期了，然而家里却没有钱，这债务的原因是爱薇所知道的，所以，她就牺牲她的珠宝和银器来偿清这笔债。就在付还债务的当天夜里，爱薇要求大卫对她谈些事业上的事情，因为她已经注意到他对印刷业的荒废，从事于不久之前刚对她说过的那种问题的研究。结婚的第二个月之后，大卫的大部分时间都在制造涂墨圆柱的那间深院的侧屋里度日子。回到安古莲之后的三个月，他已经用墨板或墨筒代替冲塞活字的木球，这些涂墨板是用胶水和糖渣所制成的圆柱来动作、来涂墨的。这第一个印刷术的改良不能有异议，所以，高恩德兄弟一看见它的效用就立刻采用了。大卫在厨房的分界墙上靠置一个带有铜质圆盆的炉灶，说是可以省煤，来重新镕化他的涂墨板，这些涂墨板的腐毁的模型就顺着墙排列，他只镕化一次这些涂墨板。他不但在这间房子里安上一扇里面装有铜皮的结实的榛木门，而且还换了肮脏的窗框，防止人家窥见他的工作目标——因为光线是从这蒙纱的玻璃窗上透进来的。当爱薇第一次对他说到他们的前途时，他就用一种不安的神色看着她，用这些话阻止她：

“孩子，我知道这荒凉的工场和这卑贱性质的商业使你看了会给你如何的感应；但是，你瞧，”他说着，带她走到房中的窗前，指她看这神秘的小屋，“那就是可以产生我们的幸运的地方……我们还得苦痛几个月；但是，我们得忍耐的受苦，让我解决你所知道的这个工业上的问题，它会停止我们的一切的穷困。”

大卫太好了，他的献身可以用他的话语令人相信，所以，这位可怜的妻子就和一切其他关心日常生计的女人一样的负起责任，把丈夫从家庭琐事中救了出来；所以，她就离开了那间蓝白相间的美丽的房子（她常和她的母亲在这里谈天，做针线活），走下工场深处那两间笼子一般的木屋之中的一个里，研究活字印刷的买卖。这在一位已经大腹便便的女人做来，不是很英勇的吗？在最初的几个月之中，没有生气的大卫的印刷局所需要的工人都一个个的走了。因为工作的重压，高恩德兄弟不但雇用了因为家里的苦日子而被诱出来的本省的工人，而且还用了几个保尔都工人，从保尔都来的工人多半是那些自以为相当聪明、能够逃避学徒条件的学徒。爱薇查察施且尔印刷局的财源，她只找到三个工人。第一个是赛里西，他是大卫在迪多工厂时就喜欢栽培的学徒，正如一切的经理都在他们所管治的工人中特别喜欢一两个；大卫带了这位学徒到安古莲来，到这里来改良他；第二个就是马利昂，好像守卫狗一样的忠心于印刷局的女工；最后是高尔布，一位阿尔萨斯人，以前是迪多公司的苦力。因为被征在军队里，高尔布偶然到安古莲来，大卫就在他军役满期的时候，一个检阅的场合之中，认到他。高尔布到大卫铺里来看大卫，他溺爱于肥胖的马利昂，在她身上发现他这一阶级的男人对于女人所要求的一切的性质：这个使颊部变成棕色的健康，这个可以使马利昂容易提起铅字的男性的力气，这个阿尔萨斯人所讲究的宗教的诚实，这个忠心于主人的好德性，这个用一千佛郎可以买到被单、袍子和外省的清洁所需要的物品的俭朴。马利昂是个三十六岁的肥大的女人，她非常的得意，因为她觉得自己是一个高有五尺七寸的城垛一样强壮的胸甲骑兵的注意的对象，她很自然的劝告这个人去学习印刷业。当这位阿尔萨斯人最后退伍的时候，马利昂和大卫已经把他培植成一个相当出色的熊了，不过他还不会念书、不会写字而已。这一季所谓“城里活的排字”并不算多，所以，赛里西一个人也就够了。既是排字工人，又是上板工人，又是印刷所的经理，赛里西确是实现了康德所谓的现象的三位一体：他排字，他校对他所排的，他登记主雇的货单而开发票；但是没有工作的时候，他常常在工场深处的小屋里阅读小说，等着人家来定印广告和请贴。老施且尔所培植的马利昂负责裁切纸张，浸湿纸张，帮助高尔布印刷、铺纸、拉纸，还要兼差当厨房，大清早到市场去买菜。

当爱薇让赛里西给她清算第一季的账目的时候，她发现所收入的是八百佛郎。然而，因为赛里西和高尔布的薪水，一个每天两佛郎，一个每天一佛郎，店里的开销却已经到达六百佛郎了。因为制造和交出的工作所需要的应用品高到一百多佛郎，在爱薇看来，很明显的，她和大卫结婚以后的六个月中已经赔了房租，材料和执照所代表的资本的利息，马利昂的薪水，墨钱和印刷家所应当得到的利润，这些印刷业中所谓的“布块”（因为在印刷中，为着使活字不受硬伤起见，往往在机盘和受压的纸中间放上一块方布）。相当懂得印刷的方法和它的结果之后，爱薇猜想出这被高恩德兄弟的活动所侵吞的枯干的工场所有的本钱是如何的轻薄，何况高恩德兄弟还是制纸家、新闻记者、执有教区执照的印刷家、承印城里和政府的印件的人哩。两年之前，施且尔父子卖了二万二千佛郎的报纸现在却每年生息了一万八千佛郎。爱薇看透高恩德兄弟表面上的仁慈所包藏的计算，他们使施且尔印刷局有相当的活计来维持它的存在，然而却不使它有竞争的能力。管理店务之后，她就给所有的价值开了一个正确的清单。她利用高尔布、马利昂和赛里西来整顿工场、清除工场，使各种东西都有秩序。然后，当大卫有一天晚上从乡下回来，后面跟着一位给他拿布包行李的老太婆的时候，爱薇就征求他的意见，想利用老施且尔所给他们留下的残物，让她一个人管理店务。根据她的丈夫所说的，施且尔夫人就利用她所找到的破纸，按照种类排布，在两列格一张纸上印了许多贴在农民茅屋墙上的带色的民间故事画：

《漂泊无定的犹太人》、《魔王罗伯尔》、《美丽的马桂兰》等一些神话的故事。爱薇让高尔布当一个负贩。赛里西一刻不停地工作着，自清晨一直到晚上，他都在排着这些幼稚的篇幅、粗糙的装饰。查尔登夫人负责管理一切家庭的琐事，因为爱薇得给雕刻物加上颜色。两个月之中，谢谢高尔布的活动和他的诚实，施且尔夫人居然能够在安古莲十二法里周围之间卖了花费三十佛郎本钱的三千张，卖到了三百佛郎，每张两苏钱。但是，当一切的茅屋和一切的酒楼都贴上这些故事画之后，她就得想别的花样——因为这位阿尔萨斯人不能够走出本省的范围。在印刷业里用尽方法的爱薇就在那里找到许多必要的图像，来印行一种所谓“牧人的历书”，在这历书的上面，一切的东西都是用记号、图像、红色、黑色和蓝色的插图表现的。不会念书写字的老施且尔曾经因为印了这种不会念书的人所用的历书而赚到不少的钱。这种每份售价一苏的历书是一张褶上六十四次的纸，褶成六十四开的一百二十八页。非常高兴这些活页的成功，特别是这些外省小印刷局努力的工业的成功，施且尔夫人就大规模地经营她的“牧人的历书”，特别专心于这种利益。每年在法兰西售卖好几百万份的“牧人的历书”所用的纸比列治的历书所用的纸粗糙，每二十捆一令的纸差不多要四十佛郎。一令纸可以印出五百张，五张售价一苏，一共可以卖到二十五佛郎。施且尔夫人决定要用一百令纸印第一版，这就等于五万份出售的历书，代表两千佛郎的待集的利息。虽然一位专心研究一桩事的人往往不顾别的事情，大卫却大为惊愕的看着他的工场，听着印刷机的响声，看着赛里西老是在施且尔夫人的指导之下站着排版。大卫进来监视爱薇所经营的事业的那一天实在是她的伟大的胜利，因为认为印历书是好事业的丈夫对她大为嘉许。所以，大卫也贡献出他的意见，说明印行这历书所必要的不同的墨色，因为历书是用墨色给眼睛的印象来说话的。最后，他也自己在神秘的工场里镕解他的圆柱，希望尽量帮助妻子所经营的这个小事业。

这个激烈的活动开端的时候，就来了鲁先告诉他的母亲、他的姐姐、他的姐夫等人他在巴黎的失败和悲惨的几封信。我们也应当了解给这位败腐的孩子寄去三百佛郎，这在爱薇、查尔登夫人和大卫方面都是给这位诗人献出自己的鲜血。受到这消息的压迫，因为用过这样大的勇气却得到这样少的利益，爱薇未免觉得失望，她并不是没有恐惧的迎接着这确定年青夫妇的快乐的最高峰的事态。看到自己不久就要做人家的母亲，她就对自己说：

"如果当分娩的时候，我亲爱的大卫还没有得到实现研究的目的，我们要变成什么样子呢？……并且，谁能够指导我们这可怜的印刷局所创办的新事业呢？"

"牧人历书"必得于正月初一以前印好。但是负责排版的赛里西的迟慢，不够认识印刷业的施且尔夫人对他的谴责，这都是同样令人灰心的，她就专门的观察这位年青的巴黎人。赛里西是巴黎育婴堂所找到的孤儿，他是安放在迪多公司当学徒的。十四岁至十六岁之间，他是施且尔的主谋人，施且尔把他安置在最能干的工人的指导之下，把他养成自己的徒弟好印刷业的扈从，因为大卫找到赛里西的聪慧，他就自然而然的对赛里西发生兴趣，并且是用他的贫困所不允许他的欢乐来收买他的心。赛里西生有一幅尖钻的、相当好看的小脸孔，他有赭色的头发、混蓝色的眼睛，他把巴黎的顽童的习气带到安古莲来。他那活泼的谑笑的精神，他的狡猾使他在这里变成一个可怕的人物。在安古莲，大卫并没有那样的监视他，也许因为他的年纪比较大，大卫对他也有更大的信任，也许因为这位印刷家算到外省的影响，赛里西却在老师不知不觉之中变成三四个工人的约翰爵士了，而且整个的腐化了。他的道德观念是巴黎的酒楼的产物，唯一的律则就是个人的利益。

并且，用民间的语气来说，过一年，赛里西就要“利用当兵的机会”，他看到自己没有什么事业，所以就短了许多的债，心里想：六个月之后，他就会变成一个兵士，那时候，没有一位债权人能够追在他的后面向他要钱。大卫对这孩子有一些权威，这倒不是因为他是主人，也不是因为他对赛里西有特别的兴趣，乃是因为这位巴黎来的前任的顽童知道大卫有高卓的智慧。赛里西不久就和高恩德的工人们来往，因为他们的短衣，他们的工人衣尤其是团体的精神引诱了他，这种精神在下层阶级里要比在上层阶级里有势力。来往之中，赛里西失去了大卫所再三叮咛的一些良善的信条；不过，当人家对他的工场所有的“木屐”开玩笑（木屐是一些熊对于施且尔的老印刷机所加的轻蔑的绰号），给他指示高恩德大工厂所用的十二个伟大的铁制印刷机的时候（那里只有一个木制印刷机是校对用的），他还袒护大卫，用骄傲的态度把这些话投在这些“自夸的人”的鼻尖上：

“用他的‘木屐’，我的诚实的老板要比你们那些用铁球却只能够印出《弥撒书》的机器走得远哩！他正在寻找一个秘密，可以使全法兰西、全拿发尔的印刷家排队跟在后面等哩！……”

“在等待的时候，四十苏的坏经理，你还有一位烫衣服的女工当你的工头哩。”人家回答他说。

“瞧，她真好看！”赛里西答辩说，“这总比你们那丑陋的工头瞧着舒服些。”

“他的妻子的秋波养活了你吗？”

就在发生这些谈论的酒楼或印刷所的门前，高恩德兄弟得到了一些关于施且尔印刷局的情况；他们知道爱薇所企图的投机，认为有阻止这个可以使可怜的女人繁荣的事业的发达的必要。

“我们应当给她一个惩戒，让她讨厌做买卖。”两位兄弟互相谈论着。

高恩德兄弟之中那个管理印刷局的就去找赛里西，请他给他们校读校对稿，帮助他们的校对员，因为这些校对员不会校读他们的稿件。赛里西在高恩德店里晚上工作几个钟头，他所得到的却比他在大卫印刷局里整个白天的工作还要多的报酬。结果，高恩德兄弟和赛里西就发生了一些关系，人家说赛里西有超卓的机能，并且替他埋怨说：他的地位太不适合他的利益。

“您可以变成一家相当大的印刷局的经理。”有一天，高恩德兄弟之中的一个对他说，“您可以在那里每天赚六佛郎，并且，用您的智力，有一天您可以在事业里让人家发生兴趣。”

“当一位好经理有什么用呢?”赛里西回答说，“我是一位孤儿，明年，我就得入伍服务兵役，如果我运气不好，违反了军事条例，谁能够赎回我这个人呢？……”

“如果您是有用的话，”富有的印刷家回答说，“人家为什么不借您必要的数目去解放您呢?”

“这绝不是我那没有经验的主人!”赛里西说。

“嘿！也许他能够找到他所寻求的秘密哩……”

这句话是用能够引起听者的最坏的思想的态度说出来的；所以，赛里西就给这制纸实业家投去一道带有深刻的疑问的眼色。

“我不知道他到底忙些什么，”他很小心的回答，发现他的“工头”不说话，“他不是一个能够在赔累的时候寻找资本的人!”

“拿着去吧，朋友!”印刷家说着，拿出六页教区的《弥撒书》，递给赛里西，“如果您能够明天就给我们校对好这个的话，明天您就有十八佛郎。我们并不是坏人，我们让同行的经理赚钱!总之，我们可以让施且尔夫人经营她的‘牧人历书’而毁灭她：好吧，我们允许您对她说我们已经在印行一种‘牧人历书’，再让她注意她不能够先到市场去售卖……”

现在，我们可以明白为什么赛里西这样迟慢的排版历书了。

知道高恩德兄弟在破坏她的小投机，爱薇不禁恐惧起来了，她要研究赛里西这样相当虚伪的告诉她这竞争的消息到底是不是忠心的证据；但是，她不久就惊异的在这唯一的排字工人身上找到一个过分强烈的好奇的征候，她认为这是年纪的关系。

“赛里西，”一天清早，她对他说，“您常常走到门前，而且常常在过道里等候施且尔先生，侦查他所隐蔽的事情。当他从镕化圆柱的工厂里出来的时候，您就在院子里瞧着，然而却不排版我们的历书。这都是不好的事情，尤其当他的妻子这样的尊重他的秘密，献身于苦痛的工作，让他自由研究他的问题的时候。如果您不虚费时间的话，历书早就出来了，高尔布都已经在售卖它了，高恩德兄弟也没有法子怎么样我们了。”

“呃！太太，”赛里西回答说，“我在这里每天只赚到四十苏，您认为给您排版一百苏还不够吗？但是，如果我晚上没有给高恩德校读校对稿的话，我倒很可以吃麸皮。”

“您这么早就负恩背义，您可以走您的路。”爱薇回答说，她的心受到刺痛，大部分因为赛里西的粗野的声调、他那逼人的态度和他那刺人的眼色，小部分才是因为他的责骂。

“不能够老用女人当工头，因为这么一来，一个月常常不会有三十天。”

爱薇觉得她的女人的尊严被伤刺了，她就给赛里西投去一道愤怒的眼色，登上楼，到自己的房里去。大卫出来吃晚饭的时候，她就对他说：

“你相信这位小坏蛋赛里西吗，朋友？”

“赛里西！”他回答说，“呃！他是我的徒弟，是我教养他，叫他当拿稿的工人。我又叫他学排印，他之所以有现在的地位，这都是我的功劳，你就跟问一位父亲到底相信不相信他的儿子似的……”

爱薇告诉她的丈夫赛里西在高恩德那边校读校对稿，给他们出力。

“这可怜的孩子吗？我们应当让他能够好好的生活。”大卫谦虚的回答，正如一位知道过错的主人一样。

“对的，然而，这却正是高尔布和赛里西的不同的地方：高尔布每天走二十法里的路，花十五至二十苏，他在所卖的东西中给我们生息七八佛郎，有时甚至于九佛郎，并且也只向我要他的二十苏和他所应有的花费。高尔布宁可砍断了手也不给高恩德拉印刷机，人家给他一千厄古，他也不会去瞧你扔在院里的东西，然而赛里西却捡了起来，细细的瞧。”

好心肠的人不容易相信罪恶和负恩。在认识人类的腐败的范围之先，他们必得受些苦楚的教训；然后，当他们完成这种教育之后，他们就养成了最高程度的轻蔑的宽仁的大量。

“嘿！这完全是巴黎顽童的好奇心。”大卫叫了起来。

“哎，朋友，让我下去到工场里去看看你的顽童到底这一个月排了些什么，去对我自己说到底这一个月他是不是可以完工我们的历书……”

晚饭之后，大卫知道历书必须在一星期之内排好；然后，知道高恩德兄弟也在预备印行一种同样的历书，他就来救援他的妻子。他叫高尔布停止到外面去售卖图片，在工场里亲自指挥一切；他自己排好一个版，叫高尔布和马利昂一块儿印，自己和赛里西印另外的一个，监督不同颜色的印刷。每一种颜色都得分开印。所以，四种墨色就得印四次。每一份“牧人历书”都得印四次，花费很多，所以，只好在外省工场中制造，因为外省的手工和资本的利息差不多等于零。无论如何的粗糙，这种出品都不是刊行好书的印刷局所愿意印的。自从老施且尔退休之后，人家才第一次看见有两架印刷机在这老工场里转动。虽然，这一类的历书是一种杰作，然而爱薇却不得不减价到两里亚尔，因为高恩德兄弟只卖给负贩三参丁；她之所以不至于赔本，完全是在于负卖；她所以赚到钱，完全因为有高尔布直接拿去贩卖；然而她的投机总算失败了。赛里西知道自己已经成为美丽的主母的怀疑的对象，他心中自称为反对派，对自己说："你疑惑我，我却要报仇！"巴黎的顽童就是这种人。赛里西显然从高恩德兄弟手里收到太多的进款，他每天晚上到他们的办公室去取校对稿，拿回校读，每天早晨又把这些稿子送回。他跟他们天天的谈话，一天一天的越谈越多，也就熟识了；他看到自己有从军役解放出来的可能，这是人家所给他的饵物。另一方面，高恩德兄弟也并没有给他贿嘱，然而却居然能够听到关于侦探大卫、开发大卫所寻找的秘密的最初的话。

爱薇忧愁不能够依靠赛里西，不能够找到第二个高尔布，她决定辞退这位她的慧眼所认为叛逆的唯一的排字工人，但是，因为这有关系印刷局的生死，她就改取一个坚勇的决定。施且尔·大卫，高恩德兄弟，差不多全省的一切制纸家都和麦持维尔先生有来往，她就写信请求麦持维尔先生在巴黎的报纸上刊登这段启事：

> 活跃于安古莲之某印刷局意欲出盘，该局富有印刷材料，握有营业执照。要者请至赛尔班特街麦持维尔先生处接洽条件。

读了登载这段启事的那一份报纸之后，高恩德兄弟就彼此的谈论：

"这位小妇女倒真有脑筋，现在是时候让我们给她一些生活的费用去占有她的印刷局了；不然的话，我们会在大卫的承接人身上碰到一个强有力的敌人，并且因为我们的利益，我们也得时时注意这工场。”

被这个思想所推动，高恩德兄弟就跟施且尔·大卫谈判来了。他们向爱薇讨论这问题；爱薇看到自己的妙计得到快速的效果，不由得非常的高兴，因为他们并没有隐瞒的说他们要向施且尔先生提议替他们印刷；他们太忙了，他们的印刷机不够用，他们已经到保尔都请工人去，他们非常注意大卫的三架印刷机。

“二位先生，”当赛里西走去告诉大卫这两位同行的拜访的时候，她就对高恩德兄弟说，“我丈夫在迪多公司里认识了不少廉洁活泼的工人，他在最好的工人中选择一个当他的承接人，这是无疑的……把他的印刷局卖了二万佛郎，给我们产生一千佛郎的息金，这不比因为您们让我们干活而每年损失一千佛郎更好吗？为什么妒忌我们印行历书，妒忌我们干这小投机呢？何况这事业本来就是我们所干的买卖呢？”

“呃，太太，为什么您不预先通知我们呢？我们不会践踏您们的创伤。”这两位兄弟之中那个叫做大高恩德的非常温和的说。

“哎，二位先生！您们只在听见赛里西说到我印历书之后，才来刊印这东西的。”

激烈的说了这几句话，她又瞧了瞧那个叫做大高恩德的，使他低下眼睛。她就这样的得到赛里西的叛逆的证据了。

经营纸业事务的高恩德比他的弟弟约翰能干得多，不过弟弟也是用极大的智慧管理印刷局，他的能力可以比拟一位上校，而他的哥哥班尼发斯则是一位当约翰的总司令的将军。班尼发斯是一位枯干而清瘦的人，他的脸孔发黄得和包有红色花纹的大蜡烛一样，他的嘴是紧闭的，他的眼睛很像猫眼，他从来没有发怒过。他很冷静的听着最粗暴的侮辱，用温柔的声调回答。他到教堂去做弥撒，去忏悔，去领圣体。他在谄媚的态度下，似乎柔软的外

高恩德兄弟为爱薇所接见。

表下隐藏有一个坚毅的性格，一个教士一般的野心和一个渴望名利的商人的贪婪。一八二〇年之后，大高恩德要得到一切中产阶级在一八三〇年的革命中所得到的东西。他仇恨君主的政治，对于宗教毫不关心，然而却是一个虔诚的人，正如拿破仑是一个山居的人一样。他的脊骨是用最高的屈折性在贵族和官厅之前弯曲的，他在他们之前装做渺小、谦卑和承欢的样子。总之，为着用惯于办事的人所了解的轮廓来描写这个人起见，我们可以说：他戴一幅蓝色的眼镜（这眼镜可以帮助他隐蔽视线），说是可以用这眼镜来保护他的眼睛，来抵御街上的白色的建筑物的反射，因为安古莲是由土地的隆起而高耸的一座城，它是整个朝向日光的。虽然他的身材比中等的身材只高出一丁点儿，因为他的消瘦，他却显得相当的高大；这消瘦证明他曾受过劳苦的工作，受过不断的发酵的思想的压迫。他那耶稣会会徒一般的姿势是由一个扁平的、灰色的、细长的、依照教士的发结而梳的头发，七年来所穿的黑色裤、黑色袜、黑色背心和栗色呢的礼服来完成的。为着分别他和他的弟弟起见，人家就叫他做大高恩德，叫他的弟弟做胖高恩德，因而去表现这两位兄弟在身材和能力上的对照，虽然他们两个人都是可怕的。高恩德·约翰有一副佛兰德尔人的脸孔，被安古莫瓦的太阳晒成棕黑色，他那短小的身材显得和桑楚一样的大腹便便，嘴唇挂着微笑，肩膀厚厚的。这种姿态和他哥哥的姿态其实是个非常明显的对立。约翰不但在体格上和智慧上和他的哥哥不同，而且差不多有自由派的思想；他是中央左派，他只于星期日到教堂去做弥撒，他和自由党的商人相处得很相得。湖姆一部分的商人还认为这种意见上的不同是这两位兄弟有意舞弄的把戏。大高恩德很巧妙的利用他的弟弟的粗横，他把约翰当做一根棍子利用。约翰负责说硬话，干许多违反他的哥哥的温良的事情。约翰装黑脸，他发怒，他提出许多不能接受的条件，因而可以引出哥哥的比较和缓的条件——所以，他们迟早总能够达到他们的目的。

爱薇用女人所特有的技巧，立刻就猜透这两位弟兄的性格。所以，她就非常谨慎的站在这两个危险的对手前面。大卫已经从妻子处听到这事实，他用非常不在乎的神气听着他的敌人提条件。

“您们跟贱内商量好啦，”他对两个高恩德说，一面走出有玻璃门的办公室，到他的小试验室去，“她知道印刷局的事情比我自己知道得还要清楚。我忙于一个比这可怜的印刷局还要生息的事情，我可以用它来补救和您们竞争所产生的损失……”

“这是怎么做的呢?”胖高恩德笑着说。

爱薇给她丈夫送去一道眼色，忠告他要谨慎。

“您们都得给我纳税，您们和一切消费纸张的人。”大卫回答说。

“那么，您到底研究些什么呢?”高恩德·班尼发斯问。

当班尼发斯出他的问题的时候，爱薇又给她的丈夫送去一道眼色，叫他什么也不要回答，或是用一些言中无物的话语来塞责。

“我在研究一个纸制的方法，可以减低现在所需要的本钱的一半……”

然后，他就走了，没有看见这两位弟兄互相交互眼色，这眼色的意思就是说：“这个人一定是一个发明家；我们不能够让他去，不管他!”班尼发斯的意思是：“我们利用利用他好啦!”约翰的意思是：“有什么法子呢?”

“大卫对您们的举动就和他对我的举动一样，”施且尔夫人说，“当我好奇问他的时候，他就瞧不起我似的给我投来这句话，这其实只是一个计划。”

“如果您的先生实现这个计划的话，他一定会比干印刷还要快的发财。我并不奇怪他为什么忽略这印刷局，”班尼发斯接着说，一面转过投来瞧瞧荒芜的工场，高尔布就在那里坐在一条木板上，用蒜头涂面包，“但是，如果这个印刷所落在一个活跃、力行、富有野心的竞争者手中的话，这对我们却不大方便，我们也许能够彼此互相了解。比方说，如果您们能够学巴黎的办法把您们的材料用相当的价格租给一个在您们名下而给我们工作的我们的工人的话，我们就可以操纵这个孩子，让他给您们付一大笔租钱，得些小利益……”

“这要看租钱的数目了。”施旦尔夫人回答说，“您们要给多少呢？”她加上一句话，瞧了瞧班尼发斯，让他知道她懂得清楚他的计划。

“您的意思怎么样呢？”高恩德·约翰奋激的辩答。

“六个月三千佛郎。”她说。

“呃！亲爱的小贵妇，您说您要把您的印刷局卖上两万佛郎，”班尼发斯非常和缓的说，“二万佛郎六分利也不过是一千二百佛郎。”

爱薇不知所措的愕住一些时候，她认识事业上的谨慎的重要。

“您们利用我们的印刷机、我们的活字，我们已经给您们证明过我还可以利用它们做些小买卖，”她回答说，“并且，我们还得给老人家付租钱，他不会给我们送礼。”

两个钟头的争执之后，爱薇得到六个月二千佛郎的条件，其中的一千佛郎必须预交。一切都商议停当，两位弟兄说明白他们的意向要让赛里西租赁印刷局的器具。爱薇不由得大为惊愕起来。

“叫一个熟识工场的人来干不是更好吗？”胖高恩德说。

爱薇给这两位弟兄行礼，她并不回答，她决定要自己监视赛里西。

“好吧，这就算是引狼入室了！”吃饭时，当她给大卫拿过要他签字的字据的时候，大卫笑着对他的妻子说。

“唔!”她说，“我担保高尔布和马利昂的忠心，他们二位可以监视一切。并且，我们还可以从花钱的工业动产里得到四千佛郎的租金。我们可以让你有一年的工作去实现你的希望!”

“正如你在闸上对我说过的一样，你应当是一位发明家的妻子!”大卫说着，温柔的握着妻子的手。

大卫的家庭居然找到充分的数目过冬天，但是他却受到赛里西的监视，而且不知不觉的变成了大高恩德的附庸。

“他们是我们的人了!”制纸厂的经理出来的时候对他的弟弟印刷家说，“这些可怜虫不久就会习惯于出租他们的印刷局；他们要依靠这上头，而且会负债。六个月之后，我们就不继续这契约，那时候我们可以看看这位天才的荷包到底有些什么，我们也就可以给他提议，请他为着拔除穷苦来和我们合作，一同开发他的发明。”

如果狡猾的商人能够看出大高恩德所说的“和我们合作”这句话的用心的话，他也就懂得结婚的困难在市政府方面还没有在商业审判所方面那样的重大。这两位凶猛的猎夫这样的追踪他们的猎获物，这不是太过了吗？大卫和他的妻子，再加上高尔布和马利昂的帮助，他们能够不能够抵抗高恩德·班尼发斯的狡猾呢？

施且尔夫人分娩的时候，鲁先所寄的五百佛郎和赛里西的第二次的付款正好够得应付一切的费用。爱薇、她的母亲和大卫本来都以为鲁先忘记了他们，现在却都庆贺诗人的第一步成功，诗人在新闻界的开始骚动了安古莲，比骚动巴黎还要厉害。

睡在虚假的安全的鼓里，大卫接到妻弟这封残忍的信，他简直提不起腿来：

亲爱的大卫，我在麦持维尔那里交涉了三张期票，上面签着你的名字，由我支取，一张是一个月的期限，一张是两个月的期限，一张是三个月的期限。在这交涉和我的自杀中，我选择了这个可怕而会使你困难的财源，我将来可以告诉你我是如何的需要，我而且还在想方法在到期的时候给你送钱去。

阅毕请付火，别让我的姐姐和我的母亲知道，因为我算准你的慷慨，我深知这慷慨。

你的忧愁的弟弟

吕崩柏礼·鲁先

“你可怜的弟弟有极大的困难，”大卫对分娩后已经起来的妻子说，“我给他寄三张一千佛郎的期票去，一张一个月的期限，一张两个月的期限，一张三个月的期限。请你记个账吧。”

然后，他就到乡下去，希望能够避免妻子的追问。爱薇和她的母亲一块儿解释这句满充不幸的话，六个月以来，她没有得过鲁先的任何的消息，她已经不放心，现在就有许多凶恶的预测。为着消除这些疑虑起见，她决定采取忧愁时所有的一个举动。拉斯迪额少爷回来，在家里过了几天，他对鲁先曾有微言。这些到处传诵到处解说的巴黎新闻终于传到了这位新闻记者的姐姐和他的母亲的耳朵。爱薇跑到拉斯迪额夫人家里去，请求和拉斯迪额少爷会谈，她告诉他她的一切恐惧，问他鲁先在巴黎的实况。一会儿的工夫，爱薇就知道弟弟和高萝丽的结合，知道弟弟如何的出卖阿尔太斯而和克里斯特恩·米赤儿决斗，知道鲁先的一切生活景况——这生活是一位懂得如何给仇恨妒忌加上许多外表上的怜悯，懂得如何给他加上伟人的前途所警惕的爱国的友情，懂得如何给惹祸的安古莲孩子的天才加上诚意的敬仰的颜色的聪明的花花公子传染给鲁先的。他说到鲁先所做的错事，说是这错误牺牲了最高的人物对于鲁先的保护，这错误扯破了颁赐徽章和吕崩柏礼贵族姓氏的上谕。

“太太，如果令弟有好顾问的话，他现在一定已经走上光荣的路，当了巴尔吉顿夫人的丈夫了；但是，有什么办法呢！他离开了她，侮辱了她。她非常抱歉当了查特利·西克斯特伯爵夫人，因为她爱鲁先。”

“这可能吗？……”施且尔夫人叫着说。

“令弟是一只雏鹰，可惜这雏鹰的眼睛却被奢侈和光荣的光线迷住。一只鹰鸟堕落的时候，谁知道他要跌在哪个山谷的深处呢？伟人的跌倒总因为到达的地位太高。”

爱薇听到这最后的一句，颇为恐吓，她就回去了，这句话好像箭矢一样的穿过她的心坎。灵魂中最富有感性的地方受到伤痛，她就在家里缄守最大的寂寞；但是，在她所喂养的婴儿的颊上和额上却落有不止一颗的泪珠。放弃为家庭而有的幻想、生来就有的幻想并不容易，爱薇对拉斯迪额·欧勤颇有怀疑，她要打听一位真实的朋友的话。于是，她就给阿尔太斯写了一封动人的信。鲁先在文社里兴奋的时候曾经告诉过她阿尔太斯的地址。下面就是她所收到的回信：

太太：

您问我令弟先生在巴黎的生活实情，您要明白他的前途，并且为着要我坦白的回答起见，您曾重复的述到拉斯迪额先生对您所说的话，问我到底是不是真的。至于我呢，太太，为着鲁先的好处起见，我得证实拉斯迪额先生的话。令弟已经懊悔了，他曾把他对我的书所写的评论拿给我看，对我说他不能够决定发表这文章，虽然为一位亲爱的朋友而违背党派命令有危险。啊！太太，一个作家的本分就是要保全情爱，因为他要把光荣放弃来表达这些情爱：所以，我懂得在情妇和朋友之中，朋友必定要被牺牲。我促进令弟的罪恶，我亲笔修改这篇破坏我的名誉的文章，完全赞同他发表。您问我鲁先到底还保留有他对我的敬重和友谊没有。关于这个问题的答案并不容易。令弟已经走上一条灭亡的道路。这时刻我还会埋怨他，我恐怕不久就会有心的忘却他，这倒不一定是因为他所已经做过的事，多半却是因为他将来所会做的事。您的鲁先是一个有诗意的人物，然而却并不是一个诗人；他会梦幻，然而却不会思想；他捣乱，然而却不创造。总之，请您原谅我说一句，他是一位喜欢出风头的柔弱的男子，这是法兰西人的主要的缺点。所以，鲁先总是牺牲他的最好的朋友去快乐的表现他的聪明。他明天会自愿的和魔鬼签定盟约，只要这盟约可以给他几年明艳的、华丽的生活。他和一位坤伶公开的生活在一起，他不是已经做过坏事来交换这生活所得到的暂时的快乐吗？这时候，青春、美貌、这位女人的忠诚（因为他是她所崇拜的），这一切都给他隐瞒着一个危险的地位；光荣、成功、财富都不能够让他得到社会的接纳。哎，在每一个新的诱惑中，令弟也一定会和现在一样的只顾到一时的快乐。您可以确信，鲁先绝不会走到罪恶上面去，他还没有这力量；但是他可以接受一个已成事实的罪恶，他分担了这罪恶的利益，然而却没有分担它的危险：这是大家所惧怕的，甚至于大逆不道的人。他会讥笑自己，他会后悔，但是只要有需要，他又开始干他的去了；因为他缺乏意志，他没有力量抵抗逸情的诱惑，抵抗最小的野心的满足。和一切有诗意的人一样的懒惰，他自以为有本领遮掩困难，而不克服困难。他可以在某时期有勇气，然而在另一时期却又变成懈怠的了。我们不应当使他高兴他的勇气，我们应当责骂他的懈怠。鲁先正是一只随气候的变化而紧弛弦线的竖琴。

鲁先可以在怒气或幸福的景象中写一部好书，然而在欲求写这部书之后，他却又对成功没有感觉。自从他初到巴黎的头几天起，他就失落在一位没有道德年青人的保护之中，这个人在文学界的困难的生活所有的狡猾和经验确曾昏迷过他。这位善于变戏法的人整个的迷住了鲁先，把鲁先带到一个没有尊严的生活上，不幸，在这生活上，他又被爱情迷惑了。太容易得来的钦佩只是柔弱的记号，人们不能够用同样的金钱付给一位冒险家和一位诗人。鲁先选择了文学界的诡计和骗取，他放弃了我们的说法，我们劝告他应当在接受争斗而不窃取成功、投上战场而不摇旗呐喊之中鼓起勇气，因而去获得名誉。我们大家都因为这样的劝告他而受伤。太太，奇怪极了，社会对于这种性格的年青人非常的宽大；社会喜欢他们，社会只注意他们的外观；社会并不苛求他们，社会宽恕他们的一切错误，社会给他们十分圆满的利息，只愿意看到他们的利益，社会终于把他们娇养成一个腐败的孩子。反之，社会对于强力的完全的人却加以无边的苛刻。在这情形之中，从外表看来是这样不公平的社会也许却是超卓的。他跟丑角嬉戏，他并不对他们要求欢乐以外的东西，然而却立刻就忘记了他们；但是，为着在伟人之前屈膝起见，他却要求神圣的壮丽。他对一切的东西所有的规律都是：永久的金刚钻应当是无斑无玷的，时髦的创造应当是轻浮的、怪诞的、没有持久性的。所以，鲁先虽然有错误，也许他却可以奇异的成功，只要他能够利用好机会，只要他能够找到良善的伴侣；可是，如果他碰到坏天使的话，他就会一直走到地狱的底层去。这就好像把许多的好材料绣在一张太乎轻薄的底布上；年纪夺去了花纹，总有一天只剩下布块；如果这布块不是好材料的话，人家也只看它是一块破布。年青的时候，鲁先可以使人喜欢他，可是到了三十岁，他又是什么情形呢？这是真诚喜欢他的人所要自问的问题。如果我是唯一思念鲁先的人的话，我也许会避免用我的诚意给您写上这许多悲哀；但是，采用平常的办法来避免您所忧愁的问题，这不但对不起您（您的信简直是忧虑的叫声），同时也对不起您所过誉的我自己。在我朋友中，那些认识鲁先的都一致的赞同这个判断。所以，我觉得这样的揭开真实，我总算是尽了责任，不论这真实是如何的可怕。人们可以期待鲁先的好，也可以期待鲁先的坏。这是我们的意见，我们可以用这句话来概括这封信。如果这时候的穷苦的生活碰巧会把他再带回您的身边去的话，请您运用您的全力把他留在家里；因为必得等到性格坚定之后巴黎对他才不会是危险的。他管您们，您、您的丈夫叫做守卫的天使，然而他也一定已经忘却您们了；不过，当他被风涛吹打，觉得只有家庭才是避难所的时候，他一定会想到您们；所以，太太，请您为他保留您的心，他会需要您的心的。

请您嘉纳一位清楚您的品格的人对您所有的诚恳的敬意，太太，他太尊敬您那母亲一般的忧虑，他甚至于不能够不服从您而自称为您的忠实的奴才。

阿尔太斯

读了这封复信之后的两天，爱薇不得不请一位奶妈，因为她的乳水干枯了。她曾把她的弟弟看做天神，现在却看着他从最美妙的机能运用中腐化了；总之，在她看来，他已经堕在泥泞之中。这位高贵的女人不知道捐弃诚实，捐弃精细的心思，捐弃家庭所培植的一切家教，这家庭在外省的边僻的地方还是这样的纯洁、这样的光耀。所以，大卫的预料是有道理的。爱薇的悲哀在她这白皙额头上留下铅色的痕迹，使她的丈夫知道她的苦痛，这时候，在一个夫妇间什么话都可以谈论的会谈中，大卫让爱薇听他的安慰的话语。他看见妻子的美丽的乳部因为苦痛而干涸，这位失望的母亲不能够完成她的母性的工程，这时候，虽然他不禁两眼垂泪，他却用几句有希望的话来安慰他的妻子。

“你瞧，我的孩子，你的弟弟是因为幻想而失败的。一个诗人希望出风头，这是非常自然的事，他这样忙迫的趋赴欢乐！这只鹰鸟这样的醉心于光荣，醉心于奢华，这样的心怀善意，上帝会宽恕他，责罚他的不过是社会罢了！”

“但是，他却杀害了我们啦！……”可怜的女人叫了起来。

“今天他杀害我们就好像几个月前他把他的初次收获寄来救济我们一样！”好大卫回答说，他知道失望引他的妻子越出界限，她不久会回头来爱她的鲁先。“五十年前梅西尔会在他的巴黎画像中说：文学、诗章、文字和科学，这些脑袋的创造永远不会养活一个人；鲁先用诗人的资格却没有相信五百年的经验。笔耕的收获只能够在下种之后十年或是十二年得到（如果有的话），然而鲁先却拔起草来编花束。不过，他至少总算是懂得人生了。当了一位女人的傻瓜之后，他应当再当一个社会的和虚伪的友谊的傻瓜。他所得到的经验有极大的代价，如是而已。我们的祖宗说：‘只要家庭的儿子能够从外面带回两只耳朵和无损的名誉，这就算好啦。……’”

“名誉！……”可怜的爱薇叫了起来。“啊！鲁先缺少多少的德性啊！……违背良心写文章！攻击自己的最好的朋友！……接受一位坤伶的钱！……和她在一块儿住！……使我们沦为赤贫！……”

“噢！这个，这不算什么！……”大卫叫了起来，停顿了。

妻弟所有的错误的秘密在他的面前呈现，而又消逝。不幸得

“一令这种大幅纸还费不到五佛郎。”大卫说。

很，看见这举动的爱薇不由得生起许多空泛的忧虑。

“怎么，不算什么?”她回答说，“那么，我们要到哪儿去变出这三千佛郎，去付清这些期票呢?”

“第一，”大卫接着说，“我们不久就可以和赛里西继续订立开发印刷局的契约。六个月以来，他给高恩德兄弟所做的工作，所得到的百分之十五的报酬，已经让他赚了六百佛郎，他还懂得承印城里的活，赚五百佛郎。”

“如果高恩德兄弟知道这个的话，他们说不定还不继续替他订立契约哩，”爱薇说，“他们会怕他，因为赛里西是个危险的人。”

“呃！这跟我有什么关系呢?”施且尔叫了起来，“几天之内，我们就会变成富翁了！鲁先有了钱，我的天使，他就会变成最有德性的人……”

“啊！大卫，朋友，朋友，你刚才所说的是什么话? 所以，穷的时候，鲁先就没有力量抵抗罪恶了? 你对他的意见就和阿尔太斯的想法一样！没有力量就不能够超过常人，鲁先是柔弱的……不应当受试探的天使，这是什么天使呢? ……”

“呃！这是能够在他的环境、他的范围、他的空中显得美丽的本性。鲁先不是生来就会奋斗的，我要让他避免奋斗。你瞧！我很接近于结果了，我得教你这些方法。”

他从口袋里拿出几张八折形大小的纸张，胜利的举了起来，放在妻子的膝上。

“一令这种大幅纸还费不到五佛郎。”他说着，让爱薇摸触纸样，爱薇发出一个天真的惊愕。

“哎，你到底怎么做这些试验呢?”她说。

“用一只老毛筛，这是从马利昂那里拿到的。”他回答说。

“你还不满意吗?”她问。

“问题不在于制造，是在于纸浆的本钱。啊！我的孩子，我只是最后到这条艰难的路上来的许多人之中的一个。马桑夫人从一七九四年以来就想方法要把印过的纸改变成白纸；她成功了，但是价钱却够贵的！一八〇〇年左右英吉利的萨里斯培利侯爵夫人和一八〇一年法兰西的赛古安同时都利用壳梗制造纸张。平常的芦草就是你手里拿着的纸张的原料。但是我要用苧麻，用白术；因为要维持原料的贱价，我们就得用生长在卑湿的地点或是瘦脊的土地上面的植物：它们的价钱都非常贱。我的秘密就是要如何调制这些草茎。现在我的制法还不够简单。哎，虽然有这种困难，我确信我能够给法兰西的制纸业找出一个我们的文学所享受的特权，使它变成我们的国家的专利，好像英国人专利铁、专利煤、专利平常的陶器一样，我要变成制纸业的约克加尔。”

爱薇站了起来，她被大卫的单纯的性格所引起的同情和钦佩感动了；她展开她的手臂，把他紧紧的抱在胸前，把头倾倒在他的肩上。

“你给我补偿，好像我已经找到这方法似的。”他对她说。

为着回答起见，爱薇仰起了她那浸湿眼泪的美丽的脸孔，然而她却在相当的时间里说不出话来。

“我不是接吻一位天才，”她说，“我是接吻一位安慰者！在一个灭亡的光荣对面，你建立了一个生长的光荣。在一位兄弟的堕落的悲哀对面，你建立了你那配得为人之夫的伟大……是的，你一定会变成一个伟人，和诸位葛郎多尔慈、诸位罗维、诸位罗柏一样，跟我们茜草的那个波斯人一样，和一切你所给我说过的人一样，他们的名字并不是我们所知道的，然而为着改良一种工业，他们却做下许多好事，而没有让人知道。”

“他们这时候干些什么呢？……”班尼发斯说。

大高恩德和赛里西在桑林场散步，研究这对夫妇在洋纱窗帘上所映射的人影；因为他每天半夜都到这里来和赛里西谈天，赛里西被派来监视他的旧主人的一切举动。

“他一定给她指示，让她看他今天早上所制的纸。”赛里西回答说。

“他用什么原料呢?”制纸家问。

“猜不出来。”赛里西回答说，“我在屋顶挖了一个窟窿，昨天夜里，我爬在上面看我的傻主人在铜锅里煮他的纸浆；我细细的考察过推在角落里的材料，我所能够看到的就是这原料有点像一大堆麻絮……”

“别走远，”高恩德·班尼发斯用谄媚的声音对他的侦探说，“这不诚实！……施且尔夫人会跟您提议继续订立开发印刷局的契约，您就说您愿意当印刷家，您无妨拿出执照和家具的一半的价钱，如果她赞同的话，您就来找我好啦。无论如何，您得慢慢的跟他们办交涉……他们没有钱，不是吗?”

“一个铜子儿也没有!”赛里西说。

“一个铜子儿也没有!”大高恩德重复的说，心里想，“他们是属于我的了。”

麦持维尔和高恩德兄弟都是印刷家兼纸业买办；他们事实上又是银行家，只差没有银行家的名义。国家的财政机关还没有找到方法来统治商业上的事物，强迫那些偷干银行勾当的人来购买银行业的执照；这执照很贵，比方说，在巴黎，这需要五百佛郎。但是，高恩德兄弟和麦持维尔都为着要干交易所里所说的“野鸡银行”的勾当，每季在巴黎、保尔都、安古莲的商场上彼此互相流动了不止几十万佛郎的款项。就在当天晚上，高恩德公司收到了从巴黎寄来的鲁先的三千佛郎假期票。大高恩德立刻就从这债务里想出一个可怕的有计划的阴谋，来对付这位忍耐的可怜的发明家，这阴谋可以在下面看得出来。

第二天清早七点钟，高恩德·班尼发斯沿着灌输大制纸厂的引水管散步，这引水管的声音可以遮蔽人们的谈话。他在那里等候一位年纪二十九岁的年青人，六个月来当安古莲初审法院的法律代言人柏提—克罗·彼得。

“您和施且尔·大卫是同时在安古莲中学读书的同学吗？”大高恩德说着，给年青的法律代言人行礼，法律代言人小心的只怕忽略了富有的实业家的呼唤。

“是的，先生，”柏提—克罗回答着，走到大高恩德的脚边。

“您跟他认识了同学吗？”

“自从他回来之后，我们至多只碰过两次。这是没有办法的：平常的日子我都躲在办公室里或是法院里，星期日或是放假日，我用功来完善我的学问，因为我只等着我自己……”

大高恩德摇摇头，表示赞同的意思。

“大卫和我重逢的时候，他曾问过我到底干些什么事。我告诉过他我在波瓦特尔念完法科之后，就当了奥里维律师的第一个见习生，我希望有一天可以讨论这个职务……我更清楚查尔登·鲁先。他现在改称为吕崩柏礼，他是巴尔吉顿夫人的情人，我们的大诗人，同时又是施且尔·大卫的小舅子。”

“那么，您可以告诉大卫您的任命，给他帮一点儿忙。”大高恩德说。

“这不行。”年青的法律代言人回答说。

“他从来没有打过官司，他没有法律代言人，这可行了。”高恩德说着，躲在他的眼镜里，来监识这位小法律代言人。

柏提—克罗·彼得是湖姆一个裁缝的儿子，他在学堂里被同学鄙视，他似乎有点怨恨渗进他的血液。他的脸孔有一种污秽而混乱的颜色，可以显出旧日的疾病、贫困的景象和差不多总是恶劣的情感。他那昵狎的谈话作风可以使人用两句字来描写这个孩子——他是果敢而尖刻的。他那破裂的声音和他那清瘦的颜面，他那尖锐的神气，他那喜鹊一般的眼睛的混色相调和。根据拿破仑的观察，喜鹊的眼睛是不诚实的征验。他在圣赫勒拿不得不送走一位渎职的心腹的时候会对拉卡斯说：“您瞧他吧，我不知道怎么会看错他这么久，他有喜鹊眼。”所以，当大高恩德研究这满脸天花斑头发稀少额头和脑盖已经相混的瘦小的法律代言人的时候，当大高恩德看见他已经毕恭毕敬的听他说话的时候，他就对自己说：

“这是我的人啦。”

事实上，这位满受人家的轻蔑、被一个想要发达的腐蚀的妒羡所侵吞的柏提—克罗，他虽然没有钱，却有胆量用三万佛郎来承买主人的职务，计划从结婚里得到嫁资来解脱自己的债务。并且，根据一般的习惯，他还希望他的主人给他找个阔妻子，因为前辈往往喜欢给承接人结婚，因而能够使承接人偿清承买职务的款项。柏提—克罗更依靠自己，因为他并不是没有某种外省人所罕有的强处，不过这强处的原则就是他的愤恨罢了。大愤恨，大奋扎。

巴黎的法律代言人和外省的法律代言人有极大的不同；大高恩德太能干了，他不至于不会利用这些小法律代言人所服从的小感情。在巴黎，一个著名的法律代言人（而且多得很），有一些外交家所特有的性质：案件的多少，利益的大小，委托给他的问题的范围都不让他在官司里看作是取得财富的工具。在他看来，打官司这攻击或防御的武器不是别的，只是用来达到其他的利益。相反的，在外省，法律代言人却研究巴黎人所谓的“细节”，这些多花钱、多花印花税的小事。这些琐事占据了外省的法律代言人，他们认为这是做钱的机会，然而巴黎的法律代言人却只在这里收取他们的酬金。顾客应当在费用之外给法律代言人一些酬金，使他的事情多少能够便利的进行。国库取了费用的半数，然而酬金却是整个送给法律代言人的。我们可以大胆的说：付给的酬金很少能够适合一位能干的法律代言人所请求的酬劳。巴黎的法律代言人、医生和律师就和妓女跟她们的偶然的情人一样的特别小心，不让他们的顾客致谢。顾客在事前事后都可以画出两张值得钦佩的图画，正如梅桑尼尔的名画一样，这两张可以由拿酬金的法律代言人而更显得珍贵。巴黎的法律代言人和外省的法律代言人还有一个不同：巴黎的法律代言人很少辩护，有的时候他也到法院去说话，但只在急速的庭讯时；然而在一八二二年，大部分外省的法律代言人（当律师充斥之前）都是兼顾律师的事务，甚至于为自己的案件辩护。因为这个双重的生活，外省的法律代言人就有双重的工作，使他们有律师的智巧的罪恶，而没有除去法律代言人的笨重的责任。外省的法律代言人变成了多话的人，损失了这种事务所必要的判断的敏悟。这样的分为两半，一个超群的人往往就在自己身上找到两个平凡的人了。巴黎的法律代言人并不在法院花费言辞，并不辩护是非，他可以保持他的正确思想。如果他有法律的羽箭的话，如果他在论据中找到法学上的矛盾的话，他就对案件有确信的心，努力预备一个胜讼的步骤。总之，思想没有说话那样的误事。因为一个人有了说话的力量，结果就会相信自己所说的话；然而人们可以对他的思想加以反动而不使其腐化，人们可以在不利的官司中得到胜利而不和辩护的律师一样的坚持说它是有利的官司。所以，一位巴黎的老法律代言人会比一位老律师办理得更为成功，会比一位能干的审判官办理得更为圆满。因此，外省法律代言人所以只是平凡的人物则有很多的理由：他袒护小感情，他注意小事情，他用浮开费用来生活，他乱用诉讼的法则而辩护！总之，他有许多的缺点。所以，在外省的法律代言人之中如果有一位惹人注意的人物的话，他就真是高超的人物了。

“我相信，先生，您要请我给您做些事情。”柏提—克罗回答说，对大高恩德那不可侵人的眼镜瞧了一眼，用这一句来写作他的小讽刺诗。

“用不着大冒头，”高恩德·班尼发斯辩答说，“请您听我的吧……"

说了这句话之后，因为有许多的机密，高恩德就走去坐在一张凳子上，请柏提—克罗也学着他坐下。

"一八〇四年，当胡多瓦先生经过安古莲到瓦郎斯去当领事的时候，他在这里认识了徐郎赤夫人，那时候的淑翡玲小姐，他就生了一个女孩子，"高恩德轻声朝着对方的耳朵说。"——是的，"他看见柏提—克罗吓了一跳，就接着说，"淑翡玲小姐和徐郎赤先生结婚之后，跟着就来了这个突然的秘密的分娩。这位女孩子就在乡下，我母亲的家里养大，她名叫海牙·佛兰苏丝小姐，徐郎赤夫人看顾这女孩子，依据习惯，她就做了海牙小姐的干妈。我的母亲是淑翡玲小姐的外祖母老卡尔丹尼夫人的佃户，因为她知道卡尔丹尼和长房徐郎赤的唯一的女承继人的秘密，胡多瓦先生就把他为他的女儿所特别留下的一笔小款交托给我。我的财富就是由这一万佛郎干出来的，现在已经变成三万佛郎了。徐郎赤夫人将来一定会给这位孩子一些衣服、银器和动产；我呢，我能够让您得到这女儿，我的孩子。"高恩德拍着柏提—克罗的膝盖说。"娶了海牙·佛兰苏丝小姐，您就会增加您的主顾，大部分安古莲的贵族都要请教您。虽然这结缡并不门户相当，它却可以给您打开一个伟大的前途……律师或是法律代言人的地位就会变成满足的！您并不希望更多的，我知道。"

"那么，得怎么办呢？……"柏提—克罗贪婪的说，"因为您有葛仓先生当您的法律代言人。"

"所以，我不能够因为您马上就离开葛仓，我只能够将来当您的主顾。"大高恩德狡猾的说。"应当怎么办呢，朋友？呃！可不就是施且尔·大卫的事嘛！这位可怜的魔鬼得给我们付还一千厄古的期票，他付不了这笔款，您可以替他辩护，抵抗追索，让他多多的花费……您放心，就这么办，给他加上许多附带的诉讼。我的执达吏杜博郎会在葛仓的指导之下负责控告他，他不至于凶殴……对一个懂事的人说话，一句也就够了。现在，年青的人……”

他做出一个含有深意的休息，休息的时候，他们就互相的瞧了一眼。

“您得装着我们从来没有见过面的样子，”高恩德接着说，“您得装作我一句话也没有对您说过的样子，您得装作不知道胡多瓦先生、不知道徐郎赤夫人、不知道海牙小姐的样子。两个月之后，您再等机会要求和这位小姐结婚。如果我们要见面的话，您可以夜里到这里来。您千万不要写信。”

“您想毁坏施且尔吗?”柏提一克罗问。

“不见得完全如此。不过得让他到监牢去坐些时候……”

“这有什么用意呢?”

“您以为我这么傻会告诉您这个吗?如果您聪明猜中的话，您就会聪明缄口不说。”

“施且尔老人家是有钱的，”柏提一克罗说，他已经懂得班尼发斯的意思，看出不成功的原因。

“他的父亲活着一天，绝不会给他的儿子一个铜子儿，何况这位前任的印刷家还不想死哩。”

“就这么办吧!”柏提一克罗忽然决定的说，“我并不要求您的担保，我是法律代言人；如果我被您要挟的话，我们会一块儿算账。”

“这个坏蛋会发达!”高恩德心里想，一边给柏提一克罗行礼。

这会议的第二天，四月三十日，高恩德兄弟呈交了鲁先所假做的三张票据之中的第一张。不幸得很，这张票是交给施且尔夫人的，她认得是鲁先模仿她的丈夫的签字，就叫大卫来，焦急的对他说：

“你签过这张期票吗?”

“没有，”他对她说，“你的弟弟太窘了，他替我签字……”

爱薇把票还给高恩德兄弟的柜台伙计，对他说：

“我们还没有预备好。”

然后，觉得脑袋昏晕，她就上楼到自己的房子里去，大卫跟着来。

“朋友，”爱薇用垂死的声调对施且尔说，“跑到高恩德兄弟铺里去，他们对你也许尊敬些；求他们等一等；并且，可以请他们注意赛里西的契约续订的话他们还得给你一千佛郎。”

大卫当场跑到敌人家里去。一位印刷所经理总可以变成印刷家，但是一位能干的印刷家却不一定会办交涉。所以，不大在行的大卫就在大高恩德面前简直的说不出话来，因为当他拉紧喉咙、跳着心脏、不清不楚的解释他的歉意和请求之后，他却得到了这么个答复：

“这跟我们一点儿也没有关系，我们是由麦持维尔处拿到这张期票的，麦持维尔会付我们钱。请您跟麦持维尔去说去。”

“唉！”爱薇听到这个回答就这样的说，“这张票退给麦持维尔先生的时候，我们也就可以放心了。”

第二天，高恩德的执达吏杜博郎·维克多尔—安慈—埃尔孟尼基尔德忽然在下午两点钟桑林场满充着人士的时候宣告拒绝使用这期票；并且，不论他如何小心的在走廊的门前对马利昂和高尔布说这桩事，这拒绝使用的消息当天晚上就被安古莲的商界全体知道了。杜博郎是在大高恩德的授意之下，用最大的注意来实行的。杜博郎的伪善能够把爱薇和大卫从这付不出期票的商业的耻辱中拯救出来吗？让人家判断吧！在这里，浮泛的言辞似乎是太短促的。一百个读者之中总有九十个会对下面的细节加以注意，好像对最刺人的新闻加以注意一样。所以，我们又有一次的机会给下面的教条加以证实了：任何的东西都没有比一切的人都得认识的法律更为人所不认识！

当然，在大多数法兰西的人看来，银行的周转对于到外国去旅行的人确有一个极大的方便。如果一个商人要从商店所在的城市给住在另外一座城市的人送一张票据的话（例如大卫替鲁先所尽的力），他就简简单单的交换一张本城的商人因为商业的关系而开的期票。这有点像用一封信从一个商场给另外一个商场汇款一样。所以，拿了鲁先的三张期票之后，为着取出总额起见，麦持维尔就不得不把这些期票寄给他的代理人高恩德兄弟。这已经是鲁先的第一个损失，因为在“经手异地汇兑”的名目下，每一张期票除了预支的折扣以外还得有百分之几的扣头。所以，施且尔的期票是属于银行的事务。您不会相信银行家的资格加上伟大的债权人的名义要如何的变更债务人的情景。所以，在银行里（请您好好的抓住这句话的意思!），如果一张从巴黎商场转到安古莲商场的期票没有付款的话，银行家就有权利请求法律上所谓的“退回票据账目”。我们暂且不说这句话的双关的意义，小说家从来没有发明过比这个还要不近人情的故事；因为这是商法对这个骗子所允许的巧妙的笑谑，解释起来，可以使您知道在这句可怕的话“合法!”之内包含有多少的残酷。

杜博郎登记拒绝使用之后，又亲自把它带来给高恩德兄弟。这位执达吏和这两位安古莲的贪婪资本家有账目的来往，他给他们订下一个六个月的借款契约，大高恩德又用能够清偿的样子给他拉到一年，大高恩德每月都对这位次等的贪婪资本家说：“杜博郎，您要钱吗?”这还不算！杜博郎还用一种手续费使这有力的商号得到便利，高恩德因此也就可以在每一张证书、每一种事物、每一个小事中赚到一丁点儿，他可以在一个拒绝使用的证书上赚到一佛郎五十参丁！……大高恩德平平静静的走到他的办公室，在那里拿出一张贴有三十五参丁印花的小方块纸，一边和杜博郎谈论，似乎要杜博郎告诉他商界的实况似的。

“好吧，您满意小甘勒拉克吗?”

“他还不坏。好家伙，一个转运……”

“啊！其实他有一些难处！人家告诉我他的妻子让他花了许多的钱……”

"花他的？……"杜博郎讥诮的叫了起来。

刚刚理好他的纸张的贪婪的资本家就写下这凶恶的法律开场语，在这开场语下又开了下面的账（如此!）

退回票据账目及其费用单

一八二二年二月十日施且尔·大卫于安古莲开付查尔登·鲁先（即所谓吕崩柏礼）之一千佛郎期票，经查尔登·鲁先交付麦持维尔，转交至本公司，前月三十日到期，经执达吏杜博郎于一八二二年五月一日提出拒用抗议。

票额 ……………………………	一〇〇〇佛郎	〇〇参丁
拒绝使用费用 ………………………	一二佛郎	三五参丁
百分之零点五手续费 …………………	五佛郎	〇〇参丁
百分之零点二五经纪人手续费 ………	二佛郎	五十参丁
印花费 …………………………………	一佛郎	三五参丁
利息与寄费 ……………………………	三佛朗	〇〇参丁
计 ……………………………	一〇二四佛郎	二〇参丁
另加百分之一点二五汇费 …………	一三佛郎	二五参丁
总数 ……………………………	一〇三七佛郎	四五参丁

此一千零三十七佛郎四十五参丁之数本公司即以本公司之汇票付交湖姆甘勒拉克先生转付巴黎赛尔班特街麦持维尔先生。

高恩德兄弟公司

一八二二年五月二日于安古莲

在这一段用熟识诉讼手续的人的习惯而写下的小计算书的下边（因为他一方面总和杜博郎谈天），大高恩德就写了下面的一段宣言：

立据人湖姆药师步斯特尔与本城商人转运经纪人甘勒拉克证明吾人转汇巴黎之汇费确系百分之一点二五。

签名盖章

一八二二年五月三日于安古莲

“拿着去吧，劳驾给我到步斯特尔和甘勒拉克家里去请他们签下这段宣言，明天早上再给我带回来。”

明知道这些困难的训令的杜博郎就走了，好像办一桩简单的事一样。当然，拒绝使用的字据正如在巴黎一样是用包封封好交出去的，然而全安古莲人却都知道可怜的施且尔的事情如何的不妙。并且，他的迟钝也成为多少的责骂的对象啊！有人说他因为给他妻子的过分的爱情而失败，有人责备他对于他的妻弟的姑息。并且，从这些前提里人们不会引出那一种残酷的结论呢！人们绝不可以袒护近亲的利益！人家赞同老施且尔对于他的儿子的残忍，人家钦佩他！

现在，您们这些因为某种理由忘记履行契约的人，请您们研究一下十分钟内在银行里可以从一千佛郎的本钱生息二十八佛郎的合法的步骤。

这张“退回票据账目”之中的第一项是唯一无可异议的。

第二项包含有收税吏和执达吏的部分。官厅所征收的六佛郎是由登记债务人的悲痛和供给印花纸之中得到的。可以使这种恶习再有相当时候的存在！您们知道这一项还可以在杜博郎的呈缴中给银行家一佛郎五十参丁的利益。

第三项的目的是百分之零点五的手续费，他的藉口很巧妙，说是在银行里不能够收到款项就等于预支期票。虽然事实上正为相反，拿出一千佛郎和不要存库一千佛郎却是最为相像。无论哪一位曾经预支过期票的人都知道除了合法的百分之六以外，预支者还在手续费的谦卑的名目之下预先扣下总数的百分之若干的利益，这利益是在合法的利率之上，是他的智巧所给他产生的利息。他越能赚钱就越向您要钱。所以，我们得在傻子的店里预支，因为这可以得点便宜，然而，银行里还有傻子吗？……

法律强制银行家叫一个汇兑经纪人证明汇兑的利率。在相当穷乏而没有交易所的商场里，汇兑经纪人是受两种商人的恳求。所谓经纪人的手续费规定为被提出抗议的期票的数目的百分之零点二五。根据习惯，这种手续费是送给代替经纪人的商人的，不过银行家就简简单单的把它收进自己的钱柜里罢了。因为这个道理，所以才有第三项的惹人注意的计算。

第四项就是写这"退回票据账目"的方块印花纸和人们巧立名目称为复票的印花费。所谓复票，就是银行家对同业因为还清而新开的票据。

第五项是寄费和整个时期的合法利息，就是这笔款不存在于银行家的钱柜中的时期。

最后是异地的汇兑，这而且就是银行的本来的目的，就是从一个地方汇，在另外一个对方付款所需要的费用。

现在，请您们查察一下这个账目，这是依照拿波里小曲中所说的波里支尼尔的算法，十五加五等于二十二！当然，步斯特尔和甘勒拉克的签字只是一桩人情账：高恩德兄弟为甘勒拉克的需要替他证明，所以甘勒拉克也得为高恩德兄弟的需要给他们证明。这就是下面一句格言的实践："给我大黄我就给您大豆。"高恩德兄弟和麦持维尔有流水账来往，他们用不着开汇票。在他们之间，一张退回的期票不过是在收入和付出的项下多写上一行账目罢了。

所以，这种空想的账目事实上就减轻到一千佛郎的欠款，加上十三佛郎的拒绝使用费，百分之零点五的一个月的延误费，总数也许是一千零十八佛郎。

如果一家大银行每天平均都有一张一千佛郎欠款的退回票据的账单的话，它就可以每天感谢上帝和银行的制度而得到二十八佛郎。银行是十二世纪犹太人所发明的可怕的王国，现在统治一切的帝王和一切的民族。换句话说，一千佛郎每日可以给这家银行生息二十八佛郎或是每年生息一万零二百二十佛郎。如果平均有这三倍的退回票据账单的话，您就可以看出三万佛郎的收入是由空头的资本产生出来的。所以，没有东西要比退回票据账单更为人家所爱恋、所培养。施且尔·大卫就是于五月三日或是拒绝使用的第二天来付还他的期票的话，高恩德兄弟也要对他说："我们已经把您的期票退回给麦持维尔先生了！"虽然这期票事实上还在他们的办公室里。"退回票据账目"就在拒绝使用的当天晚上预备好。外省的银行界管这个叫做"使银币出汗"。光光这寄费一项已经给这个和全世界有来往的客礼银行产生了两万佛郎，"退回票据账目"的生息也让他们付了意大利戏院的包厢租，买车的用费和儒僧庄男爵夫人的装饰费。寄费是个同样可怕的恶习，正如银行家忙于在一封十行的短信中做下十桩相似的事情一样。奇怪的是：收税吏在这笔敲诈不幸者的谢金中也有他的一份儿，国库也因为这商业的上的不幸增多了起来。至于银行家呢，他却在柜台高处对债务人投去这句满有理由的话说："您为什么不预备好呢？"不幸得很，对于这句话人家是无法回答的。所以"退回票据账目"是一篇充满可怕的虚构的故事的小说，从此之后，将要思考这富有教训的一页的债务人也要因此而发出一个救命的恐惧。

五月四日，麦持维尔先生收到高恩德兄弟的"退回票据账目"，附上在巴黎追究查尔登·鲁先，或所谓的吕崩柏礼的命令。

几天之后，爱薇收到麦持维尔先生的复信，下面这封整个安慰她的短简：

致安古莲印刷家施且尔·大卫先生书

我已经准时收到本月五日您所给我写的信。根据您对四月三十日不能付清期票的解释，我知道您替您那花费相当可观的妻弟吕崩柏礼先生尽过力，强制他来付款其实是给您尽个义务：他的情形不能够让人家长时间的追究。如果令亲一点儿也不能够付款的话，我就要彻底相信您的老字号的信用，而一样地自称为您的忠实的奴才。

麦持维尔

“哎，”爱薇对大卫说，“由于这个追究，我的弟弟就会知道我们无力还付这笔款了。”

这句话是如何的宣告爱薇的心中的变迁啊！她渐渐的认识大卫的性格，这使她对大卫的爱情与日俱长，这爱情就在她的心中取了同胞的情谊的地位了。可是，她没有对多少的幻象说声再会呢！

现在我们可以看看这“退回票据账目”在巴黎市场上是如何的发作。根据法律的条文，第三者持票人，经手占有这张期票的商家有自由专门追究债务人中可以立刻付款的一个。在这个情形之下，鲁先就受到麦持维尔的执达吏的追究了。这是动作的步骤，其实是毫无用处的步骤。站在高恩德兄弟面前的麦持维尔，他知道鲁先无力偿还；但是依据法律的精神，无力偿还的事实只有在证明之后才有法律上的存在。

于是，人家就这样的证明没有办法叫鲁先付清这期票：

五月一日，麦持维尔的执达吏通告鲁先自安古莲送来的“退回票据账目”和拒绝使用通知书，请他到巴黎商事法庭去听取一大堆的事情，其中的一件就是他要被大家认为是商人。正当他在鹿陷绝地的生活中读着这段暧昧难懂的文字时，他收到了抗传不到的判决通知书。他的情妇高萝丽不知道是什么事情，她认为鲁先是替他的姐夫尽力；她给他拿出一切合在一起的证件，但是太晚了。一位坤伶在杂戏里看到太多扮演执达吏的角色，她不会想到印花纸。

鲁先眼里垂泪，他怜悯施且尔，他对自己的错误觉得耻愧，他要付还这笔欠债。他就自然而然的到他的朋友那里去请教他们有什么方法可以赶得上时间。然而，正当陆士铎、布郎德、毕克西乌、拿坦告诉鲁先一位诗人到商事法庭去未免太稀奇，受裁判的乃是店铺的商人的时候，这位诗人却已经在没收的威吓之下了。他看见门帘上褪了颜色的门上有这张黄色的小通告，这通告对于挂账颇有收敛性，对于最小的供给者颇有威严，尤其使诗人的血管发冷。这血管对于这些木块、这些丝织品、这些染颜色的毛织品、这些所谓的动产、这些没有价值的东西特别有感觉。

正当人家劫夺高萝丽的家具的时候，《群芳集》的作者就去寻找毕克西乌的一位朋友，一个法律代言人德斯罗慈去了。他看见鲁先因为这桩小事这样的骇怕，不禁哈哈大笑起来了。

“这算什么，亲爱的……您想赶上时间吗?”

“愈快愈好。”

“好吧，请您反对判决的执行。请您去找我的一位朋友商事代人马桑去，请您把您的文件都带去给他，他可以延期不服，替您出庭，不承认商事法庭的管辖权。这一点儿困难也没有，您是一位相当著名的新闻记者。如果您被传到民事法庭去的话，请您来看我，这和我有关系：我负责叫那些使美丽的高萝丽悲愁的人滚蛋。”

五月二十八日，鲁先被传到民事法庭去，立刻就被判罪。这是德斯罗慈没有想到的，因为人家在穷究鲁先。黄告示又来装饰高萝丽的门柱，第二次的没收又要举行了，当人家想要搬走家具的时候，这位让同业刺害（这是他自己所说的）的傻里傻气的德斯罗慈才来提出抗议，说是这些家具属于高萝丽。这抗议是有理由的，他也就这样的引起一个急速的审判。在这急速的审判中，法院院长把各造送去会审，家具的所有权也就被判决属于坤伶。不服上诉的麦持维尔就于七月三十日被一道判决书批驳了。

八月七日，葛仓律师从邮驿方面收到一包大卷宗，上面写着：“麦持维尔控告施且尔与查尔登·鲁先。”

第一张卷案是下面一张小巧玲珑的记载，非常的精确，曾被抄录过：

施且尔·大卫开付吕崩柏礼·鲁先之期票，四月三十日到期。（五月二日）退回票据账目 … 一〇三七佛郎四五参丁

（五月五日）退回票据与拒绝使用之宣告，五月七日出席巴黎商事法律之传案 …………………… 八佛郎七五参丁

（五月七日）抗传之判决与罚罪，民法上之禁锢 ……… ………………………………………… 三五佛郎〇〇参丁

计 ……………………………… 一〇八一佛郎二〇参丁

（五月十日）判决之通知 ……………… 八佛郎五十参丁

（五月十二日）命令 …………………… 五佛郎五十参丁

（五月十四日）没收之记录 ………… 一六佛郎〇〇参丁

（五月十八日）告示黏贴之记录 …… 一五佛郎二五参丁

（五月十九日）登报费用 ……………… 四佛郎〇〇参丁

（五月二十四日）搬运没收家具之前第二次之黏贴告示，包括吕崩柏礼·鲁先不服判决案之执行 ………………… …………………………………… 一二佛郎〇〇参丁

（五月二十七日）根据不服而移案民事法庭之判决 …… ………………………………………… 三五佛郎〇〇参丁

（五月二十八日）麦持维尔与其法律代言人请求于短期内传案民事法律 …………………………… 六佛郎五十参丁

（六月二日）判罚查尔登·鲁先付还“退回票据账目”而由追究者担负商事法庭诉讼费之矛盾判决案 …………… ……………………………… 一五〇佛郎〇〇参丁

（六月六日）前项判决书之传达 …… 一〇佛郎〇〇参丁

（六月十五日）命令 ………………………… 五佛郎五十参丁

（六月十九日）预备没收之记录，包括高萝丽小姐对此没收之抗议，声称动产系其所有，请求如欲没收应即立刻会审 …………………………………… 二〇佛郎〇〇参丁

院长传送，各造急速会审之命令…… 四〇佛郎〇〇参丁

（六月十九日）断决家具系上述高萝丽小姐所有物之判案 ………………………………… 二五〇佛郎〇〇参丁

（六月二十日）麦持维尔之控诉 …… 一七佛郎〇〇参丁

（六月三十日）判决之确实判断书 … 二五〇佛郎〇〇参丁

总计 ……………………………… 一九二六佛郎四五参丁

五月三十一日到期之期票，退回要据账目 ………………………………………………… 一〇三七佛郎四五参丁

与鲁先之通知 ………………………… 八佛郎七五参丁

总计 ……………………………… 一〇四六佛郎二〇参丁

六月三十日到期之期票，退回票据账目 ………………………………………………… 一〇三七佛郎四五参丁

与鲁先之通知 ………………………… 八佛郎七五参丁

总计 ……………………………… 一〇四六佛郎二〇参丁

这些文件之外又有一封麦持维尔写给安古莲法律代言人葛仓的话，命他用一切法律的手段追究施且尔·大卫。杜博郎先生就于七月三日传唤施且尔·大卫到安古莲商事法庭去付清四千十八佛郎八十五参丁的数目，三张期票和已经用过的花费的总数。就在杜博郎必须给爱薇本人带去付清这笔款项（这在她是一笔巨款）的命令的那一天，她一清早就收到麦持维尔一封威吓信：

给安古莲施且尔·大卫先生的信

令亲查尔登先生乃是一位显著的坏人，他把他的家具放在和他同居的一位坤伶的名义之下，您也应当预先诚实的通知我这种情形，使我不必做下许多无益的追究，因为您并没有回复我五月十日的信。所以，请您不必怪我要求您立刻给我还清这三张期票和一切我所预付的款项。

请您嘉纳我的敬礼

麦持维尔

没有听见人家再谈到这问题的时候，不知道商业法律的爱薇以为她的弟弟已经还清这假造的票据，赎了罪了。

“朋友，”她对她的丈夫说，“先跑到柏提—克罗那边去给他解释我们的地位吧，你应当请教请教他。”

“朋友，”可怜的印刷家急切的跑到他的旧同学家里去，走进办公室的时候，他就这样的说，“当你告诉我你的任命，说要给我帮忙的时候，我真没有想到我会这样快就需要你的帮忙。”

柏提—克罗研究着坐在对面一张靠椅中的这位思想家的美丽的脸孔，因为他并没有细心的听着这位对他解释的人还没有他知道清楚的事情。他看见施且尔·大卫仓皇的走进来，心里就说：

“这把戏算是要好了啦！”

这种戏景是法律代言人的办公室里所常演的。

“为什么高恩德兄弟要迫害他呢？……”柏提—克罗问自己说。

法律代言人的精神是要彻底知道顾客的用心，正如他们要彻底知道敌人的用心一样：他们必须知道反面，正如必须知道司法的阴谋一样。

“你要缓和一些时间。”最后，当施且尔·大卫述完的时候，柏提—克罗就回答他说，“那么，得多少时候呢？三四个月行不行？”

“噢！四个月！那我就有了救啦！”大卫叫了起来，在他看来，柏提—克罗简直是一个天使。

“好吧，他们不会在三四月之前动你的家具，也不会拘捕你……但是这却使你多花费啦。”柏提—克罗说。

“呃！这有什么关系呢？”施旦尔叫了起来。

“你等着进款，你有把握吗？……”法律代言人问，他几乎因为他的顾客这样容易的中计而觉得惊异了。

“三个月之后，我要变成富有的。”发明家用发明家的确信这样的回答。

“你的父亲还没有下土，”柏提—克罗回答说，“他还不忙离开他的葡萄园。”

“你以为我要计算我父亲的死吗？……”大卫回答说。“我正在研究一个工业的秘密，这秘密可以让我制造和荷兰纸一样结实的纸，然而可不必用一丝的棉絮，并且所用的成本是在现今用棉制纸的成本的一半以下……”

“这是一个财运！”柏提—克罗叫了起来，忽然大悟大高恩德的阴谋。

“一个大财运，朋友！因为在十年之后，用纸的数量一定有现在的十倍的数量。新闻纸一定会变成我们这一时代的疯狂！”

“没有人知道你的秘密吗？”

“没有人，除了内人以外。”

“你没有告诉任何人你的计划吗？……比方说，没有告诉高恩德兄弟吗？”

“我曾对他们说过，但是很泛的，我想。”

一道仁慈的光辉掠过柏提—克罗的忧愁的灵魂，他想用方法来调和高恩德兄弟、他自己和施旦尔各方面的利益。

“听我的，大卫，我们是中学的同学，我得卫护你；但是，你得知道清楚，这种违反法律的卫护要花费你五六千佛郎！……不要累到你的财运。我相信你得和我们一两个制纸家瓜分你的发明的权利。我们想一想，在收买或建筑你的制纸厂之前，你得防备人家来干……并且你还得一张发明的执照……这一切都得花时间花钱。也许执达吏会太早来敲你的竹杠，虽然我们要到他们面前去说许多躲避的话……”

“我保守我的秘密！”大卫用学者的天真的态度回答。

“哎，你的秘密是你的救生板。”柏提—克罗最初想用和解避免诉讼的忠实的用意被推翻了，就这样的接着说，“我并不想知道你的秘密；但是请你好好的听我的话：请你想方法在地下工作，不要让任何人看见你，猜疑你的实施的方法，因为你的救生板可以从你的脚下被人偷了去……一个发明家往往在他的皮下藏有一个容易欺骗他的人！你太注意你的秘密，你不能够注意一切的方面。人家结果会怀疑到你的研究的目的，你被制造家包围！多少的制造家就是多少的敌人！我看你是猎夫们所包围的海狸，不要把你的皮送给他们……”

“谢谢你，我的亲爱的同学，我什么话都说完了。”施且尔叫了起来，“但是，我不得不对你显出我的谨慎和我的忧虑！……这种事业不是关于我自己一个人的问题。为我自己，一千二百佛郎的年收也就够了，何况我的父亲也总有一天会给我留下比这大三倍的产业哩。……我生活在爱情和思想之中！……一个秉承天意的生活……这是关于鲁先和内人的问题，我为他们而工作……”

“算了吧，给我委托这个力量吧，请你只专心于你的发明。如果有一天必须因为拘捕而隐藏起来的话，前一天我就会预先来告诉你；因为一切都得有准备。让我跟你说：千万不要让任何没有你对自己那样信任的人到你家里来。”

“赛里西不愿意继续订立契约开发我的印刷局，这也就是我们因为没有钱而生出小悲哀的原因。所以在我家里也只剩下马利昂和高尔布了，在我、我的内人、我的岳母看来，这位阿尔萨斯人简直是个卷毛狗。……”

“听我的，”柏提—克罗说，“请你逃避你的卷毛狗吧……”

“你不知道他！”大卫叫着说，“高尔布就等于我自己。”

“你要让我试验他吗？……”

“好。”施且尔说。

“那么，再见吧。但是请你叫尊夫人来，她的委托是不可缺少的。并且，朋友，你得想想火线已经埋在你的事情之中了。”柏提—克罗对他的同学说，预先告诉他一切要加在他身上的法律上的苦痛。

“所以，我是一只脚踏在布尔岗额一只脚踏在香槟了。”送了他的朋友施且尔·大卫到办公室门口时，柏提—克罗心里说。

虽然受到没有钱的苦恼，虽然受到她的妻子因为鲁先的丑事而生的身体上的衰弱使他产生的苦痛，大卫还继续研究他的问题。凑巧，当他从家里走到柏提—克罗家里去的时候，他一边在无意中嚼着他放在水中预备做纸浆材料的苧麻茎。他要用同等的步骤去代替浸渍所引起的不同的破碎、组织，或一切任用变成线条、布纹或破布的东西的方法。当他在街中走着非常满意和他的朋友柏提—克罗的会谈的时候，他觉得牙齿之间有一团纸浆；他把它拿了出来，放在手上，把它展开，他看见一个比他所得到的一切的和合都优美的制纸原料；因为从植物中得到的纸浆有一个主要的缺点，就是缺乏弹性。所以，壳梗所制的纸是易碎的、坚硬的、会发响的。这些偶然的表现只是大胆的自然科学的研究家所能遇到的！

“我要寻找一个机器的效力和一个化学的原动力来代替我刚才

用机械的方法所做的步骤。”他对自己说。

他就在相信胜利的快乐中出现在他的妻子之前。

“噢！我的天使，请你放心！”大卫看见他的妻子哭过，就这样的说。“柏提—克罗给我们担保几个月之内没有事。人家要给我开下许多的费用；但是，正如他送我出来时对我所说的：‘一切法兰西人都有权利使他们的债权人等待，只要他们最终付了债权人的本钱、利息和费用！……’好吧，我们以后就付这笔款好啦……”

“然而生活呢？”可怜的爱薇说，她想到一切。

“啊！真的，”大卫说着，用了一个差不多一切受阻碍的人都熟识的不可解释的态度，举起手来，掩着他的耳朵。

“我的母亲可以看管我们的小鲁先，我也可以恢复工作。”她说。

“爱薇，噢，我的爱薇！”大卫叫着，拉着他的妻子，紧紧抱在他的胸口。“爱薇，在离开这里两步的圣特，在十六世纪的时候，有一个法兰西最伟大的人物之中的一个——巴里西·柏拿尔，因为他不但是釉彩的发明家，而且是步风和居维尔的光荣的先进，他在他们之前发明地质学，这个天真的好好先生！他受到许多探求秘密的研究家的苦痛，但是他却看见他的妻子、他的儿女和全镇的人都反对他。他的妻子把他的器具卖掉了……他在乡野中徘徊着，没有人了解他！……被人家追踪，被人家用手指来指着他！……然而我，我却是被人家所爱的人……”

“而且是大受人家的爱。”爱薇用确切的爱情的温柔回答说。

“所以，我可以忍受这位可怜的巴里西·柏拿尔所忍受的一切的苦痛，这位埃古安的陶器的发明家，这位被查礼九世驱出莲美的圣锡尔，终于给老旧的、富有的、被人尊敬的欧罗巴写出他自称为‘各地的科学’的教学书的巴里西·柏拿尔所忍受的苦痛。”

“只要我的指头还有力量拿起熨铁，你都不会缺乏什么东西！”

可怜的妻子用最忠实的音调叫着说，“当我第一次在毕礼尔夫人家里当女仆的时候，我有一位非常贤慧的小女朋友克礼志·巴新，她是步斯特尔的表妹；巴新刚刚给我带襟袖来，告诉我她承接了毕礼尔夫人，我要到她家里去工作去……”

支持发明家，给他勇气到发明的荒林去的成功的信仰算是第一次受到爱薇用苦笑来表达的欢迎了。大卫用一个沉闷的动作低下了头。

“噢！我的朋友，我不说笑话，我不发笑，我不疑惑。”爱薇跪在她的丈夫的脚前，叫着说，“但是我看出你对你的试验，你对你的希望这样的严守缄默有极大的理由。是的，我的朋友，发明家应当把他们的光荣的创作瞒着一切的人，甚至于他们的妻子！……一个女人毕竟是一个女人。你的爱薇不会不含笑的听着你一月来所说的第十七次的‘我找到了！……’”

大卫这样诚实的发笑了，爱薇不由得拿着他的手，神圣地吻着他。这是一个甘美的动作，是在悲愁的最干枯的道路边旁或是深谷底处所开放的一朵爱情的玫瑰花。

爱薇看着不幸的加倍也就加倍的鼓起勇气。他的丈夫的伟大，他那发明家的天真，这位有心人，这位富有诗意的人的眼中所有的使她惊异的眼泪，这一切的一切都在她的身中发展出一个闻所未闻的抵抗的力量。她又重新一次请求曾经成功应用过的方法的援助。他给麦持维尔写信宣告售卖印刷局，说是卖出钱就还清债务，同时又请求他不必用无谓的费用来毁坏大卫。对于这封高妙的信，麦持维尔却装作不在家；他的伙计头就回信说在麦持维尔不在家的时候，他不能够自做主意，不加追究，因为这和他的主人平日的做事习惯相反。爱薇提议继续延期这期票，付给一切的费用，伙计头表示赞同，只要施且尔父亲给他担保。于是，爱薇就步行到马尔萨克去，陪着她去的有她的母亲和高尔布。她挺身

老施且尔说：“您知道大卫是什么东西吗？哎，他是一个什么事情也做不成的学者。”

求见老葡萄种植人；她是动人的，她居然能够取悦这副老脸；但是，当她跳动着心脏，对他请求担保的时候，她就看见在这副饮酒学家的脸孔上发出一个完全的、突然的变化。

“如果我让我的儿子自由伸手到我的口唇之间，在我的钱库旁边的话，他一定会钻进我的腑脏内，掏空了我的一切东西！”他叫着说，“孩子们都是捧着爸爸的现成的饭碗吃。呃！我是怎么干的呢，我？我从来没有用过我父母一个铜子儿。你们的印刷局是空的。只有老鼠在那里印书……您很美丽，我喜欢您；您是一个勤紧的女人；但是我的儿子！……您知道大卫是什么东西吗？哎，他是一个什么事情也做不成的学者。如果我和别人养大我一样的养大他，不让他念书识字，使他学他的父亲一样当个‘熊’的话，他一定有许多的年收……噢！这个孩子是我的苦难，您知道！并且不幸得很，他是独一无二的，因为他的‘下文’绝不会存在！总之，他把您害得苦了……”

爱薇用绝对的否认的态度来提出抗议。

“是的，”他接着回答这个姿态说，“您被迫雇了一个奶妈，悲愁使您的乳水干涸。我都知道，去吧，您上了法庭，全城的人都在给您打锣打鼓。我只是一只‘熊’，我不是学者，我没有当过迪多的经理，这活字印刷的光荣；但是，我从来却没有收过什么贴有印花的纸！您知道当我走到我的葡萄园去耕耘葡萄，收成葡萄，做我的小事情时，我对我自己说了些什么话吗？……我对我自己说：‘你这个可怜的老家伙，你自己受了这么多的罪，你一个钱一个钱的赚着，留下许多的财产，然而这却是为着执达吏、法律代言人……或是为着怪物……为着空想而留下的……’瞧，您是这个小孩子的母亲，当我和查尔登夫人把他扶在洗礼盘上的时候，我觉得这个孩子的脸有点像他的祖父，哎，您应当少想施且尔，应当多想这个孩子……我只对您有信仰……您能够阻止我的财产的分散……我这可怜的财产的分散……”

“但是亲爱的爸爸，您的儿子将来会变成您的光荣，您可以看见他有一天用自己的力量变成富翁，再加上挂在扣洞上的十字勋章……”

“这有什么用呢?”葡萄种植人问。

“您将来可以看得出来！但是，在等待的时候，一千厄古的钱难道就会毁您吗？……拿出一千厄古来，您就可以停止他们的追究……哎，如果您对他没有信仰的话，您就拿这钱借给我好啦，我再还您，您可以用我的嫁资或是我的工作当抵押……”

“那么，施旦尔·大卫已经被人家追究了吗?”葡萄种植人叫了起来，很惊愕他以为只是诽谤的话居然是事实，“这就是他懂得签字的作用！……但是我的房租！……噢！我的女孩子，我得到安古莲去调查调查，去问问我的法律代言人葛仓……您来得好，一个知道底细的人就等于两个人!”

两个钟头的挣扎之后，爱薇不得不走了，她没有法子打倒这句不可征服的判断：“女人们不懂事。”来的时候，她带着一个空泛的成功的希望；从马尔萨克回到安古莲去的时候，她几乎破碎了。进门的时候，她刚刚好接到判决施旦尔还清麦持维尔一切债务和费用的通知书。在外省，一个执达吏出现在一家的门前，这就已经是一桩大事；但是杜博郎这些时候已经来得太常了，邻居不会不谈论他。所以，爱薇都不敢走出家门一步，她怕听到一些耳语。

“噢！我的弟弟，我的弟弟!”可怜的爱薇一边在走廊里急步行走，登上楼梯，一边叫着说，“我只能够在一种情形之下宽恕你，就是……”

“啊!”走到她面前的施旦尔对她说，“这就是为着避免他的自杀的问题。”

“我们再也不要说到这个了。”她温和的回答。“带他到巴黎的深渊来的那个女人真是一个罪人！……而你的父亲，大卫，他真是太残忍了！……我们就一声不响的受苦吧。”

一声谨慎的敲门打断了大卫嘴上的温柔的话语，马利昂带着高大的肥胖的高尔布穿过第一间房子来。

“太太，”她说，“我们知道先生和太太很苦恼。因为我们两个人剩有一千二百佛郎，我们想：把这笔款存在太太手里是最好不过的……”

“太太手里。”高尔布同情的重复。

“高尔布，”施旦尔·大卫叫了起来，“我们永远不会彼此离开！请你带一千佛郎到法律代言人葛仓那里去，请他写一张收据；我们再留下其余的。高尔布，但望任何人类的力量都不能够从你嘴中拔出一句话来说明关于我所做的事情，关于我的秘密，关于你可以看见我制造出来的东西；当我派你去寻找草木的时候，你知道，任何人类的眼睛都不要他来看你……人家要想法子诱惑你，我的好高尔布，也许人家要给你几千几万佛郎买嘱你，叫你说……”

“人家就是给我几百万，我也不会拿出一块泥给他！我难道不知道军令吗？”

“我已经知道你了，就这么办吧，请你叫柏提—克罗先生也出场去把这笔款交给葛仓先生。”

“好。”这位阿尔萨斯人说，“我希望有一天能够相当的富有，能够让我请他这位讲法律的人来角斗！我不喜欢他的脸！”

“这是一位好人，太太。”肥胖的马利昂说，“他和土耳其人一样的强壮，和绵羊一样的温和。这是一个能够使女人幸福的人！也就是他提议把我们的薪水拿出来，他管薪水叫做‘西疏’！可怜的人！他说话有阿尔萨斯的口音，说得不好，但是却思想得好，不过我也总听得懂。他想到别的地方工作去，免得花费我们的钱……”

“我所以想要变富的原因，就是要补偿这些好人。”施旦尔瞧着他的妻子说。

爱薇觉得这很简单，她并不奇怪能够遇到这些和她有同样高贵的灵魂的人。最愚笨甚至于最漠不相关的人也可以从她这态度中看出她的性格的完美。

“您一定会变富的，亲爱的先生！您可以有许多钱，坐着吃闲饭。”马利昂叫着说，“您的父亲刚买到一块农场，他替您留些地租……”

在这环境中，这些由马利昂口中说出而减低她的动作的功绩的话语，不是要表露一个精细而巧妙的心思吗？

正如一切的人事一样，法兰西的诉讼有许多的弊病；不过这正如双锋刀一样，可以拿来防御，也可以同样拿来攻击。此外还有可笑的地方，就是：如果两位法律代言人互相谅解的话（他们可以不必交换信件而互相谅解，他们的互相了解都是依照诉讼的步伐），这诉讼就好像毕郎元帅所采取的战术一样。元帅的儿子曾在卢昂的攻防战时对元帅提议一个两天取城的方法说：“你难道忙于叫我们退休吗？”两个将军可以想方法延长战争，永远不决战，而用奥地利将军的办法来管理军队，最高法庭从来没有责骂过他们缺乏计划、让兵士吃面包薄片过日子。葛仓、柏提—克罗和杜博郎的行动比奥地利的将军们还要聪明；他们是用古代的标准奥地利、孔达多尔·发比乌斯来做模范的！

和一只骡一样狡猾的柏提—克罗不久就认识了他的地位所有的一切的长处。自从大高恩德担保付清许多费用之后，他就决定和葛仓耍手段，让制纸商人看出他的才能，有意的做出许多归责于麦持维尔的事故。但是，不幸得很，为着这位年青小职员的光荣起见，历史家必得巡视他的开发，好像走过烧红的热炭一样。一张简单的费用表，例如巴黎所开的，就够得说明现代的风俗的历史了。我们无妨模仿大军的兵营的记录，因为如果要理解故事的联系，柏提—克罗所做的事情和他所有的态度越是叙述得快，这一页法学的记载也就越容易让人明白。

安古莲商事法庭传呼大卫于七月三日出庭，但是大卫没有到场；七月八日判决书就送达到他的家里。七月十日杜博郎发下命令，而于七月十二日企图没收，然而柏提—克罗却反对这种举动，请求于两星期后重新传唤麦持维尔。在麦持维尔方面，他觉得这时间太长，第二天就请求于短期内传唤，而于七月十九日得到批驳施且尔·大卫的不服的判决。这判决立刻就于七月二十一日发出通知书，授权二十二日的命令、二十三日的拘捕通知书和二十四日的没收记录。这可怕的没收，就被柏提—克罗勒住了，他提出抗议，上诉王家法院。这继续七月十五日的请求的上诉把麦持维尔拉到波瓦特尔去。

“请您去吧！”柏提—克罗对自己说，“我们可以停在那里一些时间。”

这风波一直卷到波瓦特尔去的时候，柏提—克罗就给王家法院一个法律代言人送去训令，他这位两头通的辩护人就用施且尔夫人的名义请求于短期内传唤大卫解决分产的问题。根据巴黎的说法，他就“催速”了七月二十八日的分产判决案，他就把它登刊在《查兰特新闻》中，送了通知书，八月一日在书记之前亲笔写了施且尔夫人的取回财产的清理单据，把她派作她的丈夫的债权人。因为由于婚姻的契约，多情的大卫曾答应过给她一万佛郎的嫁资。为着付清这笔款，他得把他的印刷器具和夫妇的住房放弃给他的妻子施且尔夫人。当柏提—克罗这样的把家庭的财产放在安稳的地方的时候，他在波瓦特尔提出上诉的理由算是得到胜利了。依他的说法，大卫对于巴黎所加在鲁先身上的费用理应和赛纳民事法庭判决由麦持维尔担负的一样的不负责任。王家法院采取的系统是依照引起施且尔上诉的事故而追认安古莲商事法庭对于施且尔·大卫加以罚罪的判决，另外除去应归麦持维尔负责的巴黎的费用六百佛郎使双方都有补偿的判决案。这张判决案于八月十七日送达施且尔·大卫，这判决案是由十八日的付清本利和应有的费用的命令、二十日的没收记录表现出来的。关于这个，柏提—克罗就用施且尔夫人的名义干涉，追还动产，认为是属于妻子的财产，应当和丈夫的财产分开。并且，柏提—克罗还叫老施且尔出现，当他的主顾，原因是这样的：

儿媳妇来拜访的第二天，葡萄种植人就到安古莲来看他的法律代言人葛仓，请求他想方法从大卫的争讼中拿回他的房租。

“我在追究儿子，我不能够管父亲的事。”葛仓对他说，“您去看柏提—克罗去吧，他很能干，也许他比我还会帮您的忙……”

在法院里，葛仓对柏提—克罗说：

“我把老施且尔送到你那里去，请你替我帮忙帮忙，我要回报你。”

在法律代言人之间，这种义务是互相帮忙的，这在巴黎和在外省都是一样的。

老施且尔信托柏提—克罗的第二天，高恩德来见他的同谋者，对他说：

“请您想法子给老施且尔这老头儿一个教训，他永远不会宽恕儿子让他花费一千佛郎，并且这笔预付的款项会使他的仁慈心干枯——如果他生有这仁慈的心念的话！”

“请您回到您的葡萄园去吧。”柏提—克罗对他的新主顾说，“您的儿子没有钱，请您别在他家里吃光他的财产，必要的时候我可以叫您来。”

所以，用施且尔的名义，柏提—克罗就说贴有封条的印刷机依它的作用说已经变成不动产了，正如路易十四以来这房屋对于印刷局的用处一样。麦持维尔的账单给葛仑指示：在巴黎发现鲁先的家具属于高萝丽之后，又在安古莲发现大卫的家具属于他的妻子和他的父亲，他就传唤父子两个人，希望打破他们的冒称。他叫着说："我们要揭破这些人的假面具，他们渐渐增强的施展着最可怕的恶意；他们利用法律上最无罪、最清楚的条文做拒马来防卫自己，然而为的是什么呢？还清三千佛郎的债！哪儿拿到的三千佛郎呢？……从可怜的麦持维尔的钱柜里拿到的。然而人家还这么大胆的责备预支者！我们这是活在什么时代呢？……总之，我不是要跟拿了邻人的钱的人要回这钱吗？……您不会制裁这个可以使公正的心染上不道德的冒称！……"安古莲法庭大受这动人的辩护的感动，就给原告被告两方断了一个矛盾的判决，只认识后添的家具属于施且尔夫人，批驳老施且尔的要求，干干脆脆的罚他付清四百三十四佛郎六十五参丁诉讼费。

"老施且尔真不坏，"几位法律代言人彼此笑着说，"他要染手，现在就请他付钱吧！……"

八月二十六日送出判决书，预备八月二十八日可以没收印刷局的印刷机和附属器具。告示贴出来了！……依据请求，人家居然得到当场拍卖的权力。人家在报纸上登出拍卖的广告，杜博郎也自夸说能够做到于九月二日检查、拍卖。这时候，依据判决书和执行证明书，施且尔·大卫是合法的欠了麦持维尔五千二百七十五佛郎二十五参丁的总数，利息还不包含在内。他欠了柏提—克罗一千二百佛郎和他的酬金，这酬金的数目就等于送给带您绕上一个圆圈的仁慈的车夫。施且尔夫人欠了柏提—克罗差不多三百五十佛郎和其他的费用。老施且尔欠了他四百三十四佛郎六十五参丁，而柏提—克罗也向他要了一百厄古的酬金。这些材料，除了可以拿来给外国人看法兰西的司法界的把戏之外，还可以让立法的人（如果他有时间念这本书的话）知道诉讼法的妄用走到什么地步。我们难道不是必须马上规定一个小规律，在某种情形之下禁止法律代言人收取超过诉讼目的所在的数目之上的费用吗？把百分之一亩的土地产权也放在支配价值一百万的土地的同样规律之下来办理，这不是一桩可笑的事吗？由于这个解释一切辩论的清晰的说明，人家总可以懂得这句话的意义了——形式裁判费用！这句话而且是大多数法兰西人所不怀疑的。这就是法院的行语所说的在人家的事情里火上添油。印刷局所有的五千斤铅字，用铸造活字的价格计算，值得二千佛郎。三架印刷机值得六百佛郎。其他的材料都是用破铁旧木的价值来拍卖的。家庭的家具至多值得一千佛郎。所以，从施且尔·大卫所有的差不多四千佛郎的财产中，葛仓和柏提—克罗却说给他花费了七千佛郎的费用，还没有算到将来的费用，这将来的费用也可以从现在的花费中看到它的结果了。当然，熟识诉讼手续的人，无论是法兰西的也好，拿发尔的也好，甚至于诺曼地的也好，都要钦佩柏提—克罗；但是有心人难道不会为高尔布和马利昂流下一滴同情的眼泪吗？

在这纠纷的时候，高尔布总坐在走廊的一张椅子里，因为大卫没有需要他，他只好尽了一个守门狗的义务了。他接收司法的文件，而且总是在柏提—克罗的书记的监视之下。通告拍卖印刷局所有的物件的时候，告示一贴上去，他就把它扯下，在街中跑着，把它扔在街上，叫着说：

“简直是光棍！……他们让这么一个好人受苦，还要说是公理！”

每天上午，马利昂在一家制纸厂里转动机器，赚了十苏的钱，充作每日的费用。查尔登夫人又重新开始了她那辛苦的看护的工作，每个星期末给她的女儿带来她的薪水。她已经念过两次《九日经》，然而却奇怪的发现上帝对于她的祈祷就和聋子一样的没有听见，对于她所点的烛光就和盲人一样的没有看见。

九月二日，爱薇收到了鲁先在给大卫寄来通知支用三张期票的那封大卫瞒着她的信之后的唯一的信。

“这就算是他走之后所给我的第三封信了！”可怜的姐姐对自己这样说，她犹豫不敢拆开这封凶信。

这时候，她正给她的孩子喂奶，她是用喂奶瓶来喂奶的，因为她不得不为节省经费而遣散奶妈。人们可以想象得到：当她拆开读了下面这封信之后，她和她所唤醒的大卫是在什么状况之下。这位发明家花了一夜的工夫去研究制纸的方法之后，就于天明的时候睡觉去了。

亲爱的姐姐：

两天之前，清早五点钟的时候，我看到上帝所创造的一个最美丽的女人的最后的气息，她是唯一能够和你爱我、大卫爱我、母亲爱我一样的爱我的女人，并且还有一位母亲、一位姐姐所没有的纯粹的、不顾利益的情感——爱情的一切的幸福！她为我而牺牲了一切之后，可怜的高萝丽也许也就是为我而死的，为我这个这时候找不到方法埋葬她的人而死的……她用生命来安慰我，你们，我这亲爱的天使啊，只有你们能够为我而安慰我因为她的死所得到的悲哀。我相信，这位纯洁无罪的女人一定是上帝的大赦祭——因为她是用基督徒的态度死去的。噢！巴黎！……我的爱薇，巴黎是法兰西的一切的光荣，同时又是法兰西的一切的污点，我已经在这里失灭了不少的幻想，我而且还要失掉其他的幻想，去乞到一些钱来把这位天使的遗骸埋葬在圣地之下！

你的不幸的弟弟鲁先

八月二十九日于巴黎

再者：我一定会用我的轻浮来使你苦痛，有一天你一定会知道我而宽恕我。并且，你也应当放心，不必忧愁：看见我和高萝丽我们两个人这样的悲惨，一位我曾加以残忍的疑虑的好商人——卡莫苏先生，已经答应办理这桩事情了。

“信上还有他的泪痕哩!”她用极大的怜悯之心瞧着大卫说，使大卫不禁在眼眶里显露出他对鲁先的昔日的恩情。

“可怜的孩子，他一定太受苦了，如果他真的跟他所说的那样被人爱恋的话。”爱薇的温和的丈夫这样的嚷着说。

于是，丈夫和妻子都在这极度的苦痛的叫唤之前忘记了他们自己所有的一切的苦痛。正在这个时候，马利昂急急的跑了进来，说：

“太太，他们来啦！……他们来啦！……”

“谁?”

“杜博郎和他的人，这个魔鬼！高尔布正跟他们打在一团哩，人家要拍卖。”

“不，不，人家绝不能够拍卖，您们放心!”柏提—克罗叫了起来，他的声音震荡了卧室前面的一个房子。“我刚刚递上一张上诉状。我们不能够让一个用恶意来诋毁我们的判决来蹂躏我们。我并没有想在这里来防卫。为着让您们延长时间起见，我让葛仓去胡说八道，我确信我还可以在波瓦特尔得到另外一次的胜利……”

“但是这胜利得花多少钱呢?”施且尔夫人问。

“打胜了官司，您们就给我酬金好啦；打输了官司，就得花费一千佛郎。”

“好家伙!”可怜的爱薇叫了起来，“那么，补救的药不是还不如病痛吗？……”

听到这句被司法的光焰所光照的天真的叫喊，柏提—克罗整个的愣住了，说不出话来——因为爱薇在他看来未免太美了。受柏提—克罗的召唤而来的老施且尔就在这个时候到达。老头儿在孩子们的卧室中的出现（他的孙子就在那儿的摇篮中对不幸的人微笑），使这一幕戏变成完全的。

“施且尔老伯，”年青的法律代言人说，“您欠了我替您干涉所应得的七百佛郎；但是您可以请您的儿子付，把他加在他所短您的房租上面。”

老葡萄种植人察出柏提—克罗给他说这句话的音调和神气所表现的刺人的笑谑。

“要是您给您的儿子担保的话，您也不至于花费这么多！……”爱薇对他说，她离开摇篮，给老头儿行接吻礼！

大卫看到家前因为高尔布和杜博郎所带来的人争斗而引来的一大群人，未免觉得倦怠，他给他的父亲伸出手，没有跟他问好。

“我怎么能够短您七百佛郎呢？”老头儿问柏提—克罗。

“第一，因为我替您帮忙。因为这是关于您的房租的问题，您站在我的对面，我和您的债务人团结在一起。如果您的儿子不给我付清这些费用的话，您就得付清，您！……但是这算不了什么：几个钟头之内，人家还要把大卫提到官里去坐监狱哩，您让他到那儿去吗？”

“他短了多少？”

“好像是五六千佛郎吧，还没算到他短您和短他的妻子的钱。”

老头儿整个的疑惧，他瞧着这蓝白相间的房子里所表现的这张动人的图像：一位美丽的女人在一只摇篮旁边涕泣，屈服在悲愁的重压下的大卫，好像要拉他堕进陷阱的那个法律代言人；于是，老熊就以为自己的父爱被愚弄了，他只怕人家开发他。他就走去看看这位小孩子，抚摸着他，小孩子也给他伸出小手。在许多的爱护中，好像英吉利世卿的孩子被人看护一样，这小孩子的头上有一顶绣有玫瑰花的小帽子。

“呃！让大卫尽自己的力量去救救他自己吧。我，我可只想到这个孩子。”老祖父叫了起来，“他的母亲会赞同我。大卫太有学问了，他应当知道还债的办法。”

“我要用优美的文章来翻译您的情感。”法律代言人用讽刺的口气说，“您瞧，施且尔老伯，您妒忌您的儿子。请您听这句真话吧！是您把大卫放在现在的地位上，把您的印刷局卖给他，比所值的价钱贵上三倍，而且逼他偿还这高利贷，您就这样的毁了他了。是的，您不必摇头，把报馆卖给高恩德所得到的钱您整个的放在您的口袋里，您的印刷局的价值其实也值得这笔出盘报馆的数目……您怀恨您的儿子，这不仅因为您把他剥夺得精精光光，同时也因为您曾把他教育成在您之上的人物。您装作非常疼爱您的孙子的样子，您要粉饰您对您的儿子和儿媳妇的腐败的情感，因为他们在此时此地要花费您的金钱，然而您的小孙子只能在最后的时刻需要您的恩情。您爱这个小孩子，您的目的要让人家看出您有爱恋家中某个人的神气，不至于让人家骂您无情。这是您葫芦里所卖的药，施且尔老伯……”

“您叫我来就是为着让我听这些话吗？”老头儿厉声的说，轮流的看着法律代言人、他的儿媳妇和他的儿子。

“可是，先生，”可怜的爱薇叫着对柏提—克罗说，“您难道要咒诅我们的毁灭吗？我的丈夫从来没有埋怨过他的父亲……”

葡萄种植人用阴险的眼色看了看他的儿媳妇。

“他跟我说了一百次，说您用您的方式爱他。”她对老头儿说，知道他的不信任。

根据大高恩德的训令，柏提—克罗有意要使父子不和，因而使父亲不愿意想法子把大卫从现在的苦境中救拔出来。

“大卫坐监的那一天，”大高恩德前一天对柏提—克罗说，“我就要介绍您到徐郎赤夫人家里去。”

情爱所生的智慧使施且尔夫人明白的猜透这个假装的嫌怨，正如她已经觉出赛里西的背叛一样。每一个人都可以很容易的想象到大卫的惊愕的神色——他怎么也不明白柏提—克罗如何知道他的父亲和他的事情这样的清楚。这位忠实的印刷家并不知道他的辩护和高恩德兄弟的联络，并且他也不知道高恩德兄弟和麦持维尔有串通。大卫的缄默在老葡萄种植人看来是一个侮辱。所以法律代言人就利用他的主顾的惊异，让他离开这地方。

“再见，亲爱的大卫！我已经预先告诉您了，身体的拘禁并不能够那样的容易，只因为上诉就取消，这是您留给债权人的唯一的一条路，他们就要采取这步骤了。所以，您得知道！……说得更确切一点，如果您相信我的话，请您注意，您就得去看高恩德兄弟去，他们有资本，如果您的发明成功的话，如果您的发明能够像您所说的那样的话，请您和他们合作；他们毕竟都是好孩子……”

“什么秘密呢？”老施且尔问。

“但是，您真的相信您的儿子那样的胡闹，把印刷局荒废了，没有想到其他的事情吗？”法律代言人叫着说。“他告诉我，他正在寻找一种用三佛郎本钱来制造一令纸的方法，现在每令纸的本钱是十佛郎……”

“又是一套骗我的把戏！”老施且尔叫着说。“您们大家合伙来谋害我。如果大卫找到这方法，他也就不需要我了，他已经是百万富翁了！再见，小朋友们，晚上平安。”

于是，老头儿就从扶梯上走了出去了。

“请您想想法子躲起来吧。”柏提—克罗对大卫说，一边追着老施且尔，还想要再激怒他。

这位小法律代言人又在桑林场看见老葡萄种植人在那里自言自语的发牢骚，他送他一直走到湖姆离开他的时候，就恫吓他说：如果一星期之内还没有还清所短的费用的话，他就要下一道裁判执行书了。

“如果您有办法让我取消我的儿子的继承权而不妨害我的孙子和我的儿媳妇的话，我就还您……”

老施且尔说着，突然的离开柏提—克罗。

“大高恩德认识他的人认识得真清楚！……啊！他说得真对：这七百佛郎可以阻止老头儿替他儿子付清七千佛郎。”柏提—克罗一边叫着对自己说，一边回来走上安古莲。“不过，我们不要让这老奸黠制纸家埋没我们，现在是时候问他其他的东西了，不光是口惠而已。”

“哎，大卫，朋友，您打算怎么办呢？……”当老施且尔和法律代言人走了的时候，爱薇对他的丈夫说。

“把你的大锅放在火上，孩子。”大卫瞧着马利昂，大声的叫，“我继续我的工作！”

听了这句话，爱薇就激烈的戴起她的帽子，围起她的肩巾，穿好她的鞋子。

“您就穿上衣服吧，朋友，”她对高尔布说，“请您陪我走，因为我得知道到底有没有方法可以让我跳出这地狱……”

“先生，”爱薇走了之后，马利昂叫了起来说，“请您理性一点儿吧，不然的话，太太会忧愁死了。请您赚点钱来付还您的欠款，然后再安安闲闲的继续您的研究……”

“别多说，马利昂，”大卫回答说，“最后的困难一定可以克服。我可以同时有一张发明执照和一张改良执照。”

在法兰西，发明家的痛苦就是改良执照。一个人花了十年的光阴研究一个工业的秘密、一个机器、某一种发明，他拿到一张执照，他相信他是这桩事的主人；但是跟在他后面的就有一个竞争者，如果不是预先知道的话，这位竞争者可以换上一个螺丝钉，说是改良了他的发明，就这样的从他手中拿了下来。为着制造纸而发明一种本钱轻的纸浆，这并不算完事！其他的人可以改良这方法。施且尔·大卫要预先防备这个，希望不至于看着自己所寻求的财富在人家的反对之中被人家抢了去。荷兰纸（这个名字还保留给那些用破麻线所造的纸，虽然荷兰已经不制造这纸了）薄薄的黏着，但是他得一页一页的用手工来黏糊，这却使纸价增高。如果能够在缸中用一种不浪费的糊胶来黏糊纸浆的话（这已经是现在的办法，不过还不是完全的罢了），就不会再有其他的改良了。一个月以来，大卫都在研究一种在缸中黏糊纸浆的方法。他同时注意两个秘密。

爱薇去看她的母亲去。凑巧查尔登夫人正在看护首席检事的妻子，这位女人刚刚给乃维尔·米罗生下一个长公子。爱薇不信任一切的官吏，她就想方法用她的地位请教这位寡妇孤儿的合法保护人，问他到底由她自己来负责、来售卖她的权利可以不可以解放大卫；不过她同时也希望能够知道柏提—克罗的游移两可的行为的真相。这位惊异施且尔夫人的美丽的长官不但用对于女人所施的正当的敬礼来接待她，同时也用一种客气的态度，是爱薇所没有习惯过的。这位可怜的女人就在这位长官的眼中看到结婚以来只在高尔布眼中看到的表情，这种表情是爱薇一般美丽的女人用来判断男人的标准的。当一个感情，当兴趣或年纪在一个男人的眼睛里发出一道年青人所有的绝对的服从的光泽的时候，一位女人就对这个人发生疑惑，而开始观察他了。高恩德兄弟、柏提—克罗、赛里西，一切爱薇所认为仇敌的人都是用干枯而冷酷的眼睛来看她；所以，她就觉得和这位长官在一起极为闲逸。这长官用和蔼的态度欢迎她，同时也只用几句话把她的一切希望都打破了。

“太太，”他对她说，“王家法院不见得会修改判定您丈夫不得将一切所有的家具都放弃给您，只限制将他的后添的家具归您所有的判决案。您千万不要把您的权利给人家的欺诈做牺牲品。但是，因为您可以用债权人的资格分润没收的物品，您的公公也有权利要求他所应得的房租，法院的判决书一旦送到了之后，就有其他的争论的题目了，这就是法律上所谓的‘债权人之间应得之分配’。”

“那么，柏提—克罗先生要毁坏我们吗？”她叫了起来。

“柏提—克罗的行为，”长官接着说，“是根据您的丈夫的委任，您丈夫的法律代言人说您丈夫要延搁时间。依我的意见，最好是放弃上诉，想方法让您们，您和您的公公，分到对于您们的开发最为必要的器具，您只在您所应得的范围之内，他只在偿还他的房租的数目之内……但是这已经太快的到达您的目的了。法律代言人们要吞没您们的财产。……”

“那么，我不是要落在老施且尔先生的手里而得付给器具的租钱和房租吗？我的丈夫不是一样的还得受到一点儿东西也没有得到的麦持维尔先生的追究吗？……”

“是的，太太。”

“哎，那么我们的地位要比现在还不如了……”

“太太，法律的力量特别是属于债权人的。您们收到了三千佛郎，您们必得还清这笔款……”

“噢！先生，您认为我们可以？……”

爱薇停住了，她看到她的辩解会给她的弟弟一个危险。

“噢！我知道，”长官接着说，“这件事情是不明不白的，在廉洁、细心甚至于伟大的债务人方面实在是这样的！……在被人假借名义的债权人方面也是这样的……”

大为惊愕的爱薇昏头昏脑的看着首席检事。

“您懂得，”他对她说，给她投去一道满充精细的眼光，“为着考究一切发生在我们眼前的事情起见，我们有整个的时间坐着听律师们辩论。”

爱薇又对她的空奔走失望了。

那天晚上七点钟，杜博郎带了宣告拘禁的命令来。这时候，追究已经到达最高峰了。

“从明天算起，”大卫说，“我只能够夜里出门。”

爱薇和查尔登夫人溶化在眼泪之中。在她们看来，躲起来是一桩不光荣的事。听到他们的主人的自由被威吓，高尔布和马利昂大为恐怖，很久以来他们就认为他太缺乏机智；他们为他恐惧，就来寻找查尔登夫人、爱薇和大卫，借口说要知道他们的忠实到底能够有什么用处。他们来的时候，正好这三位一直以为生命只是简单的东西的人物眼看着大卫不得不躲起来，不由得大哭起来。但是，怎么能够瞒得过一直到现在为止都在观察这个糊涂人的举动的那个看不见的侦探呢？

“如果太太要等一刻钟的话，我可以到敌人营幕去看一看。”高尔布说，“您可以看出我懂得怎么办，虽然我有点像德国人的神气；因为我是一个真正的法国人，我还有一些机智哩。”

“噢！太太，”马利昂说，“让他去吧，他只想保护先生，并没有其他的思想。高尔布并不是一个阿尔萨斯人，他是……什么？一个地道的新地岛上的渔夫！”

“您去吧，好高尔布，”大卫对他说，“我们还有时间来决定。”

高尔布跑到执达吏家里去，大卫的一切仇人正在那里开会讨论拘捕大卫的方法。

在外省之中，拘捕债务人是一种过分的变态的事情，如果有这桩事的话。第一，大家都很熟识，谁也不会用这样可恨的手段。

债权人和债务人，大家都得一辈子面对面的活着。还有，当一个商人，一个倒闭的商人利用外省人的说法，不通融这种合法的盗窃，责骂破产的时候，巴黎人却拿它来当避难所。巴黎在外省人看来有点像比利时：人们可以在那里找到怎么也进不去的逃避所，追究的执达吏的拘票在他的裁判管辖区之外也就失去效力了。此外，还有许多类似作废的阻碍。所以，不能扰乱家庭的法律没有例外的统治着外省；在那里，执达吏不能像在巴黎一样，闯进第三者的房子里去拘捕债务人。立法人相信巴黎应当是例外的，因为常常有许多的家庭在一个房子里聚会。但是，在外省，为着扰乱债务人本身的家庭，执达吏必得请裁判官在场。然而，有许多执达吏在手下的裁判官差不多可以自由赞同或是拒绝他的助手。为着称赞裁判官起见，我们应当说：这种责任压迫他们，使他们不愿意为盲目或是仇恨的感情来胡乱的决定。还有一个困难不是不严重的，就是常常改革法律而几乎使其消灭的人情习惯所加在拘禁的无用的残暴的法律上的修改。在大城市里，很有不少穷苦的人，不知道信心，也不知道法律，就这样的给人家当侦探；但是在小城市中，大家都彼此互相认识很清楚，不能够拿执达吏的钱来当侦探。无论哪一个下等阶级的人降格来干这勾当，他就非得离开本城不可。所以，正如在巴黎或是在大城市一样，拘捕债务人并不是商业警察的目的，变成一种非常困难的诉讼工程，变成债务人和执达吏之间的一种斗法，执达吏所发明的法宝有的时候给报纸上的巴黎新闻供给了不少非常有意思的材料。大高恩德并不想露面，但是胖高恩德却自称受麦持维尔的委托，就和现在变成他的经理的赛里西一同来找杜博郎，赛里西所以和他合作，因为他答应给赛里西一张一千佛郎的钞票。杜博郎应当依靠他的两位熟识诉讼的人。所以，高恩德兄弟已经有三个侦探在监视他们的猎获物。在拘捕的时候，杜博郎并且能够应用宪兵，因为根据判决的条文，宪兵必得在执达吏的请求下来帮助执达吏。所以，这五个人就在这时候聚在杜博郎办公室里开会，这办公室的位置就是在地面层文案保管室的后面。

人们从一条铺石片的阔走廊走进文案保管室。房子有一扇简单的小门，门的两旁边有镀金的公务员的盾式徽章，中间写着黑字——“执达吏”。文案保管室的两个朝街的窗户是由紧密的铁杆保护的。从办公室可以看见一个园子，在那里，喜欢果神的执达吏很成功的种植了许多的果木。厨房就在文案保管室对面，厨房的后面就是可以走上楼去的楼梯。这间房子坐落在一条小街之中，正在建筑的新法院的后面，这新法院一直到一八三〇年才完工。这些琐事的叙述并不是没有用处的，因为它可以让人明白高尔布忽然碰到的事情。这位阿尔萨斯人发明了一个办法，自荐给执达吏，说是要出卖他的主人，因而能够知道人家所布置的陷坑，去预防它。女厨开了门，高尔布就对她表示说要跟执达吏谈论一些事情。女厨正在洗碗盆，被他这一打扰有点不高兴，她就开了文案保管室的门，对这位不认识的人说请他在那里等候正在办公室里开会的主人，然后，她就跑去通知她的主人，说有一个人要跟他说话。“一个人”这句话明明是指一个乡下人，所以杜博郎就说：

“让他等等吧！”

高尔布坐在办公室的门边。

“啊，这个！您打算怎么进行呢？因为，如果我们能够明天早晨抓住他的话，这就算是得其时了。”胖高恩德说。

“他还没有取消傻瓜的名字，这是再容易不过的事。”赛里西叫着说。

认识是胖高恩德的声音，特别是听到这两句话，高尔布早已猜出是关于他的主人的事。当他听出赛里西的声音的时候，他的惊愕不禁大为增加起来了。

“一个曾经吃过他的饭的孩子！”他恐惧的叫了起来。

“孩子们，”杜博郎说，“我们应当这么办。我们的人马应当分布得很远，自博刘街和桑林场起，布置在一切的路向上，来追踪这傻瓜，我很喜欢这个绰号，别让他知道。我们不要离开他，一直等到他走进一间自以为可以藏匿起来的房子为止。我们无妨让他有几天的安全，然后等到一天，在太阳未出或是太阳未落的时候再找他去。”

“但是他现在做些什么呢？说不定他已经跑了。”胖高恩德说。

“他在家里。”杜博郎说，“如果他们出门的话，我也会知道。我有一位熟知诉讼的人在桑林场看着他，还有一个在法院的一角上，还有一个离我家三十步。如果我们这个人出门的话，他们就吹哨，他走不到三步我就可以由这种电报一般的交通早已知道他了。”

执达吏给他们的练习生一个尊敬的名称，叫他们做“熟识诉讼的人”。

高尔布没有算到这样的凑巧，他轻声的走出了文案保管室，对女仆说：

“杜博郎先生太忙了，我明天一清早再来。”

高尔布本来是个骑士，现在就以骑士的资格忽然想出一个主意，当场实行。他跑到认识的一个出租马匹的人家去，选了一匹马，装上鞍，用最高的速度回到主人的家里。他看见施且尔夫人在极度的悲痛之中。

“怎么回事，高尔布？”印刷家看见这位阿尔萨斯人又惊又喜的神气，就这样的问。

“您被坏人包围住了。最妥当的办法就是把我的主人藏了起来。太太想把先生安放在什么地方呢？”

当忠实的高尔布解释赛里西的反叛、房子四周的被包围、胖高恩德在这桩事中的作用和这些人对于他的主人所施的手段的时候，最急切的微光就照明了大卫的地位了。

“原来是高恩德兄弟在追究您。”变成无力的可怜的爱薇叫着说，“原来这就是麦持维尔所以显得这样凶恶的道理……他们都是制纸家，他们要您的秘密。”

“但是逃了又有什么用呢?”查尔登夫人叫着说。

“如果太太有个小地方安放先生的话，”高尔布问，“我一定可以带他到那里去，绝不会让人家知道。”

“你们只好夜里回到克礼志·巴新家里来，”爱薇回答说，“我要跟她商量去。在这种情形之下，巴新就和我自己是一个人一样。”

“侦探们要跟着你去。”大卫终于恢复了一些机智，这样的说。“现在得想一个方法去通知巴新，然而我们之中的任何人都不能够到那里去。”

“太太可以到那边去。”高尔布说，“我想这个办法，我跟先生一块儿出去，我们可以把这些吹哨的人引到我们的后面来。正在这个时候，太太可以到克礼志小姐家里去。我有一匹马，我可以把先生一块儿带在马屁股上；如果人家来捕获我们的话，我还有一个魔鬼和他们打架哩!”

“哎，再见吧，朋友!”可怜的女人投进丈夫的怀抱里，叫着说：“我们大家都不会看您去，因为去会让您被人家抓去。我们应当为这整个的自禁的时间说一声再见。我们可以由邮政来通信，巴新可以给你寄信，我也可以借用她的名字给你写信。”

出门的时候，大卫和高尔布听见有吹哨的声音，他们把侦探们一直引到巴勒门下边，出租马匹的人就住在那里。高尔布在那里把他的主人带在马后背股上，叫他的主人小心的拉住他骑在马上。

“您们吹哨吧，你们吹哨吧，我的好朋友们！我跟你们开玩笑！”高尔布叫着说，“你们抓不着一个老骑士。”

老骑士就用刺马鞋钉刺了马的两腿，用极高的速度跑到田野里去，让侦探们没有办法追着他们去，也没有法子知道他们到底到哪儿去。

爱薇跑到步斯特尔家里去，用极巧妙的借口，说是要请教他。受了这些空费口舌的怜悯的侮辱之后，她就离开了步斯特尔家里，居然能够神不知鬼不觉的到了巴新的家。她对巴新说出她的悲哀，请求她的援助和保护。最具谨慎之心的巴新就叫爱薇走进她的私房里来，开了接连着的一间办公室的门，这里的光线是由小窗格透进来的，没有人能够看得见。两位朋友就拔去了一个小火炉的塞子，这个火炉的炉管是沿着另外一个女工们在那里取火烧烫铁的火炉的。爱薇和巴新在石板上铺了一些破旧的单子，来减轻大卫不小心所做下的声响。她们给他安放了一张帆布床让他睡觉，一个炉子让他试验，一张桌子和一张椅子让他写字。巴新答应夜里给送东西吃；因为没有人可以走进她的私房里来，大卫可以在那里冒犯他的一切的仇人，甚至于警察。

“到底，”爱薇吻着她的朋友说，“他得到安全的地方了。”

爱薇又回到步斯特尔家里来，说是要给他解释所以叫她来这个这样有学问的商事裁判官的家里来的疑问。她又让他送她回到家里去，一边在听着他的哀诉。

“如果您嫁了我的话，您能够到这个地步吗？……”

这个感觉其实是这位药师所说的一切的话的根底。回答的时候，步斯特尔发现他的妻子对于这个非常美丽的施且尔夫人生了醋意，非常生气她的丈夫对于施且尔夫人这样的客气。黎昂尼总因为这位药师所说的意见平静下来了。根据这位药师的说法，赭色的短小的女人要比棕色的高大的女人强。据他说，这些棕色的高大的女人就好像老关在马厩中的美丽的马匹一样。当然，他又给她不少诚恳的证明，因为第二天步斯特尔夫人又对他撒娇了。

“我们可以放心了。”爱薇对她的母亲和马利昂说，她觉得她们还像马利昂所说的“愣住了”。

“噢！他们走了。”当爱薇机械的瞧了瞧房子里边的时候，马利昂说。

“我们得到哪儿去呢？……”当他走到离开巴黎大路只有一法里路的地方的时候，高尔布问。

“到马尔萨克去。”大卫回答说，“你既然把我带到这条路上来，我无妨再试一下，看看我的父亲的心到底怎么样。”

“我宁可突击一个炮队，因为您的父亲没有心肝。”

老印刷工人并不相信他的儿子。他和一般民众一样的判断大卫，都是根据他的结果来下结论。他先不相信已经把大卫抢夺得精精光光，也没有注意到时代的不同，而对自己说：

“我已经把他安置在印刷局里，正如我自己在那里一样；并且他要比我多知道一千倍，然而他却不知道怎么进行！”

他不能了解他的儿子，他责备他，自以为是在这个高卓智慧的人之上，他对自己说：

“我给他保留面包。”

道德学者绝不能够使人了解感情对于利益所有的影响。这种影响是和利益对于感情所有的影响一样的有力。一切的自然律都有双重的效果，刚好是相反的方向。大卫却了解他的父亲，他有超高的仁慈来宽恕他。高尔布和大卫八点钟到达马尔萨克，他们在这位老头儿将要吃完晚饭去睡觉的时候惊动了他。

“我是因为法律的权威才看得见你的。”父亲苦笑的对他的儿子说。

“我的主人和您，您们怎么能够遇着呢？……他在天上游行，您却在您的葡萄园里！……”愤怒的高尔布叫着说，“给钱，给钱！这是您的为父之道……”

“算了吧，高尔布，你去吧。请你把马拉到古尔多瓦夫人家里去，不要妨碍我的父亲，你得知道做父亲的人总是有道理的。”

高尔布走出去了，他就好像因为谨慎而被主人责骂而仍然服从的狗一样的自言自语的大鸣不平。大卫没有告诉他的秘密，然而却告诉他的父亲让他给父亲拿出关于他的发明的明显的证据，对他提议给他一个利益，只请求他给大卫这笔必要的款项，或是马上解救他，或是拿来作为开发他的秘密的用途。

“呃！你怎么能够给我证明你可以不必用东西来制造不花本钱的好纸呢？”老活字印刷工人问着，给他的儿子投去一道沉醉而精细、好奇而贪婪的眼光。

您也许会说这是从阴云之中透出来的一道闪光，因为这位保持他的传统的老熊从来没有在临睡之前没有穿过“夜装”的。他的“夜装”就是两瓶陈年的美酒，是他所“小饮”的，根据他自己所说的话。

“这是最简单不过的。”大卫回答说，“我身上并没有纸，我躲避杜博郎而来到这里；看见自己在马尔萨克路上，我才想到可以在您身上找到一些可以从放高利贷的人身上得到的方便。我身上除了衣服以外并没有其他的东西。请您把我关在一个紧密的地方，没有人能够进去，没有人可以看见我，我就……”

“怎么，”老头儿给他的儿子投去一道吓人的眼光说，“你不让我看你的实验吗？……”

“父亲，”大卫回答说，“您曾经给我证明过在事业之中并没有父亲……”

“啊！你怀疑给你生命的人！”

“不，但是我的确怀疑那个把我的生活工具丢掉的人。”

“每个人都为自己，你有道理!”老头儿说。“好吧，我要把你安放在我的仓库里。”

“我和高尔布一块儿到那里去。请您给我一个小釜让我煮纸浆。”大卫接着说，没有看见他的父亲给他投去的一瞥眼，“然后，再请您给我找些百叶菜的杆茎、天门冬的杆茎、苧麻和您在河边所割的芦草来。明天早上，我就可以带着好纸从您的仓库里出来。”

“如果这是可能的话，……”老熊叫了起来，打了一个噎，“我也许就给你……我再看看是不是能够给你……嘿！二万五千佛郎，条件是你能够每年让我赚到同样数目的钱。”

“让我给你试验试验，我赞同你的条件!”大卫叫了起来。“——高尔布，骑上马一直到孟斯勒去，给我在工器铺买一个大毛筛子，在杂货铺买一些浆糊，赶快就回来。”

“拿去喝吧。”父亲说着，在他的儿子面前放下一瓶酒、一些面包、一些剩下的冷肉。“壮壮力气，我要给你预备一些绿破布；因为你的破布是绿色的！我甚至于只怕它未免太绿了。”

两个钟头之后，夜里十一点钟，老头儿就把他的儿子和高尔布关在仓库背后的一间小房子里，上面盖着凹瓦，里边许多烧酒的器具，就是用来制造所谓各额克酒的。

“噢！我就好像在工厂里一样，这是些木头，这是些盆子!”大卫叫着说。

“好吧，明天见。”老施且尔说，“我要把你关在里边了，我要放我的两只狗去，我相信没有人能够给你带纸来。明天给我看看你的纸，我对你正式宣告我要跟你合股，然后，事业就会变成明朗化的了，就会变成成功的了……”

高尔布和大卫就让人家关在里头，花了两个钟头的时间，用两块大木板打断杆茎，再加以修整。火烧了，水沸了。清早两点钟左右，没有大卫那样专心工作的高尔布听见一声好像醉汉打噎一般的叹息，他拿了两支蜡烛中的一支，到处的寻找：他看见老施且尔那淡紫的脸孔盖住门上一个四方形的窟窿，这个门是从仓库通到烧酒室的，是由空大桶蔽住的。狡猾的老头儿是由外边的门把他的儿子和高尔布引到烧酒室里来的，这外边的门本来是拿来送走酒桶的，里边的门是用来从仓库运酒桶到烧酒室里去，不必在院子里打一个弯。

“啊！老伯，这不是玩的，您要用诈术来骗您的儿子……当您喝上一瓶好酒的时候，您知道您干些什么吗？您真是一个坏人。”

“噢，父亲……”大卫说。

“我来看看你需要不需要什么东西。”葡萄种植人半醉半醒的说。

“您登上小梯，这是为着我们大家的利益吗?”高尔布肃清进口之后，就开了门，他看见老头儿穿着衬衫，登在一个小梯上，就这样的说。

“当心您的身体!”大卫叫着说。

“我相信我从梦中起来步行，”老头儿满面愧羞，爬了下来。“你对你父亲的不信任使我做梦，我想你和魔鬼合谋来实现这不可能的事情。”

“魔鬼，这就是您对小金币所生的感情!”高尔布叫了起来。

“您再去睡吧，父亲。”大卫说，“请您给我们关好，但是却用不着再来：高尔布要当巡哨。”

第二天四点钟，大卫从烧酒室里出来，把他所做的实验的痕迹都消灭了，给他父亲带来三十张纸——这纸的精致、洁白、结实、力量都达到了最高的程度，带有毛筛线的线条，一张比一张结实。老头儿拿了这些标本，就用年青时一直用口颚当试验器的熊的习惯拿舌头舔着纸张，他摩擦着纸张，揉皱着纸张，摺着纸张，用印刷家要认识纸张的性质时所有的一切的方法来试验这些标本。虽然他找不出什么话说，他却不愿意认服。

“还得看看在印刷机下到底是什么样子！……”他说着，避免赞美他的儿子。

“真是可笑的人！”高尔布叫了起来。

变成冷淡的老头儿就在他的父亲的尊严下装着有意的犹豫不决的神气。

“我不要欺骗您，父亲，这纸在我看来似乎还太费本钱，我还要解决在缸里黏糊的问题……也只有这个有利的问题让我来研究……”

“啊！你要欺骗我！”

“那么，我何必告诉您这个呢？我已经在缸里黏糊了，但是到现在为止，黏糊还没有同样的渗进我的纸浆，使纸有点像刷子一样的粗糙。”

“哎，改良你的缸里黏糊的方法去吧，改良了之后，你就可以拿我的钱了。”

“我的主人永远也不会来看你的金钱的颜色！”

很明显的，这位老头儿要对大卫报复夜里所受到的耻辱，所以他就特别冷酷的对待他。

“父亲，”大卫遣走高尔布说，“我从来没有估计过您的印刷局值得那么多的钱，也不愿意由您一个人的估计就把它卖给我；我总把您看作父亲。我曾经对我自己说：‘一位老年人曾受过不少的苦痛，他的确曾经过分的栽培过我，我们应当让他平安的享受他的工作的结果。’我甚至于把我母亲的财产都放弃给您，我毫不怨叹的负起您所给我做下的困苦的生活。我自己打算获得一个幸运，不使您生厌。哎，这秘密是我找出来的，我的脚踏在火中，我的家没有面包，我因为别人所欠下的债务而受到许多的苦痛……是的，我很忍耐的奋斗着，一直等到费尽了我的力量为止。也许您得给我一些帮助！……但是请您不必想到我，只要看到我的妻子和我的小孩子……（说到此处，大卫忍不住流出眼泪）请您给他们帮助和保护。马利昂和高尔布都给我救济过金钱，您难道还不如他们吗？”儿子叫着说，看着他那和印刷石板一样冰冷的父亲。

“这还不够吗？……”老头儿叫了起来，一点儿也不觉得羞愧。“你要把整个法兰西的富源吞没下去了！……祝你夜里平安！我，我太没有知识，我不能够从事一种只把我拿来开发的开发。猴不会吃熊。”他说到印刷工场中的绰号。“我是葡萄种植人，我并不是银行家……而且，你知道，父子之间所经营的事业绝不会好的。我们吃饭去吧，你也不会说我什么东西也不给你了！……”

大卫是那些有深长的心，能够推却苦痛，只让知道痛苦的人，觉得这苦痛的人来领略的人们之中的一个。所以，在这些人们身中，当苦痛溢出的时候，这实在是最高的毅忍的证据。爱薇非常了解这一类人的性格。但是这位父亲却把这浮出表面的苦痛只看作那些想要欺骗父亲的小孩子的一般的埋怨，他以为他的儿子的战栗只是不成功的耻辱的表现。父子两人不欢而散了。大卫和高尔布就在半夜左右回到安古莲，他们用偷东西的小窃所有的轻声的脚步走进安古莲。清早一点钟左右，大卫在无人知觉之中走进了他的妻子在克礼志·巴新小姐家里替他布置的不可侵入的避难所。大卫在那里接受一个巧智的怜悯、一个艳丽女工的怜悯的护卫。第二天清早，高尔布自夸在马上救了他的主人，说是一直把他扔在一个可以带他到李莫慈附近去的破车里才离开他。巴新的地窖存有相当多的原料，可以使高尔布、马利昂、施且尔夫人和她的母亲显得和克礼志小姐没有任何关系的神气。

这一幕父子会之后的两天，觉得距离收成葡萄的时候还有二十天，老施且尔又被他的吝啬带到他的儿媳妇家里来了。他再也不能够睡觉，他要知道到底这发明可以不可以给他一个发财的机会，而预先想到危险，这是他自己所说的话。他来住在儿媳妇的寓所的上面，他所保留的两间屋顶楼之中的一间，闭着眼睛不想他的儿子的家庭所受到的缺乏金钱的苦痛。人家短了他的房租，人家能够好好的供给他！他并不奇怪人家用镀锡的铁制的食器来吃饭。

“我开始的时候就是这个样子的。”当他的儿媳妇对他表示歉意，不能够供给他银器吃饭的时候，他就这样对她说。

马利昂不得不和商人们通融家中所消费的一切的东西。高尔布帮忙泥水匠工作，每天赚到二十苏。最后，可怜的爱薇只剩下十佛郎。为着大卫和孩子的好处，她就牺牲了最后的财源来接待这位葡萄种植人。她总希望她的阿谀、她的尊敬的感情、她的谦让的态度能够感动这位吝啬人，但是她发现他总是没有感觉的。最后，看到他有高恩德、柏提—克罗和赛里西的眼睛，她就想观察他的性格，猜测他的用意。但是这是落空的！老施且尔变成不可侵入的，总是生活在美酒之中。酒醉是一个双重的面幕。因为了他的微醉，一半假装一半真实的微醉，这位好好先生就想好好的利用他从艾薇身上和盘托出儿子的秘密。有的时候，他就阿谀他的儿媳妇，有的时候他就恫吓她。当爱薇回答说她什么也不知道的时候，他就说：

“我要喝光我的一切家产，我要他养老。……”

这些不体面的争斗使可怜的牺牲品觉得非常的厌倦，为着尊敬公公起见，她也只好严守缄默。有一天，迫于不得已，她就对他说：

“但是，父亲，要占有一切的东西有一个非常简单的方法：还清大卫的债，他就回到这里来，您们也就可以和和气气的在一起互相了解。”

“啊，这就是您所要我的一切了！”他叫了起来，“这是应当知道的。”

不相信他的儿子的老施且尔却相信高恩德兄弟。他请教高恩德兄弟，高恩德兄弟就用方法迷惑他，说他的儿子所从事的研究是几百万的问题。

“如果大卫能够证明他已经成功的话，我就毫不犹豫的把我的制纸厂和大卫合股，让您的儿子的发明算上同等的价格。”大高恩德对他说。

不信任别人的老头儿常和工人们一块儿喝小酒，他就这样的听到不少的消息，他非常巧妙地装傻，询问柏提—克罗，结果却疑惑了隐存在麦持维尔背后的高恩德；他认为他们有破坏施且尔印刷局的计划，故意用发明来诱惑他，叫他还清债务——因为这位庸俗的老头儿不能够猜想柏提—克罗的复杂性，也没有猜到他们早晚要占据这工业的秘密的阴谋。老头儿愤怒不能够打破儿媳妇的缄默，甚至于不能够从她那里得到关于大卫所隐藏的地方的消息。终于有一天，他决定强制打开镕化铁柱的工场的门，因为他听说他的儿子就在那里做实验。大清早，他就走了下来，开始打算开锁。

“好，您在那儿干什么，施且尔伯伯？……”马利昂对他喊叫，天一亮她就起来，想到工厂去，一直跳到浸纸处。

“我不是在我自己家里嘛，马利昂？”这位好好先生羞愧的说。

“啊，这个！您是不是要年老做贼吗？……然而您是禁食的……我要趁早告诉太太这一切。”

“别说，马利昂。”老头儿说着，从口袋里拿出两个十佛郎的厄古。“拿去吧……”

“我不说话，但是，您不能够再到这里来。”马利昂对他说，用手指威吓他，“不然的话，我就跟全安古莲的人说去。”

老头儿出去了之后，马利昂上楼到她的女主人的房里来。

“拿去吧，太太，我从您的公公那里敲了十二佛郎的竹杠，这就是……”

“这是怎么做的呢?”

“他不是想瞧瞧先生的煮盆和材料，这秘密的历史吗？我知道在小厨房里什么也没有；但是我却吓了他，好像他要偷他的儿子似的，他就给我两个厄古，叫我不说话……”

正在这个时候，巴新很快乐的给她的朋友带来一封大卫在一张华美的纸上所写的信，偷偷的递给她：

“亲爱的爱薇，我用我所制造的第一张纸给你第一个人写信。我已经解决了缸里黏糊的问题了！一磅纸的本钱，就是用最好的土地来种植我所应用的物品，也不过是五苏。所以，十二磅一令的纸只用三佛郎黏糊过的纸浆。我确信可以减轻书的重量的一半。信封、信纸、标本，这些都是不同的制造。我吻你，我们一定要因为财富而变成快乐的，这是我们所缺乏的唯一的东西。”

“拿去瞧吧。”爱薇给她的公公递过标本，对他说，“请您把您的收成的价格拿给您的儿子，让他干他的财富，他可以还您十倍的利益，因为他已经成功了！……”

老施且尔立刻跑到高恩德兄弟家里去。他们就在那里试验标本，细细的研究：有的是黏糊过的，有的是没有黏糊的；标有每令三佛郎至六佛郎的价格，有的和纯净金属一样的结实，有的和中国纸一样的柔和。各种白色的色调都有。研究金刚钻的犹太人还没有高恩德兄弟和老施且尔的眼睛那样的活泼。

“您的儿子走上一条好路。”胖高恩德说。

“那么，就请您们替他还债吧。”老印刷工人说。

“欢迎得很，只要他愿意跟我们合股。”大高恩德回答说。

“您们是后台的火夫!”隐退的老熊叫了起来，“您们在麦持维尔的名义之下追究我的儿子，您们要我还债，就是这么回事，没有别的。我可不这么傻，土财主！……”

两位兄弟互相顾视，然而他们却忍住这位吝啬的聪明所给他们产生的惊愕。

“我们还不够资格当百万富翁，我们不能够好玩的给人家预支。”胖高恩德辩答说，“我们相信已经很高兴能够用现钱买破布，我们还得给我们的商人写期票哩。”

“还得大规模的试验一下。”大高恩德冷冷的回答说，“因为在锅里成功的说不定会在大规模的制造中失败。请您想法子解放您的儿子。”

“是的，但是我的儿子恢复了自由之后还要跟我合股吗？”老施且尔问。

“这我们可管不了啦。”胖高恩德说，“您老先生，您相信拿出一万佛郎给您的儿子就算完事了吗？一张发明执照得有两千佛郎，还得到巴黎去的路费；然后，在向前推进之先，最好照我的兄弟所说的先制造一千令，冒着一切的险来说。您知道，没有东西比得上发明家那样的应当加以怀疑。”

“我，”大高恩德说，“我喜欢吃现成饭。”

老头儿整个夜里反复思考这个两难的推理：

“如果我还清了大卫所欠的债务，他就自由了；一旦自由了，他就没有需要跟我合股发财。他知道我在第一个事业中欺负了他，他不会再干第二次。所以，依照我的利益，应当把他关在监牢里，不幸……”

高恩德兄弟相当的认识老施且尔，他们知道可以和他合伙追逐。所以，这三个人就说：

“为着组织一个开发秘密的会社起见，必得有试验；为着试验起见，必得解放大卫。解放了的大卫可就抓不着了。”

大家而且都有一个小小的后顾。柏提—克罗对自己说；

“结婚之后，我就可以自由和高恩德兄弟周旋了；但是到那个时候为止，我却都得保持他。”

大高恩德对自己说：

“我宁可囚禁大卫，这么一来，我就是主人了。”

老施且尔对自己说：

“如果我还清他所欠的债务的话，我的儿子一定会跟我行礼道谢。”

受到这位葡萄种植人的攻击而被吓要让人驱出家门的爱薇并不想揭破丈夫的避难所，甚至于不给他提议接受一张护照。她没有把握能够和第一次一样把大卫那样成功的藏了起来，所以她就回答她的公公说：

“先解放您的儿子，然后您就可以知道一切了。”

这四位有利益相关的人好像坐在大宴会的桌前一样，然而却没有人敢于动这宴席，只怕自己比别人先走一步；大家都在彼此观望，谁也不相信谁。

施且尔蛰伏之后的几天，柏提—克罗到大高恩德的纸厂里来找他。

“我尽了我的能力了。”他对他说，“大卫自愿关在一个我们所不知道的监牢里，他还在那里平平安安的研究一些改良的方法。如果您没有达到您的目的的话，这可不是我的错处了。您履行您的前约吗？”

“是的，如果我们成功的话。”大高恩德回答说，“老施且尔到这里来几天，他来问我们关于制纸的问题；他嗅出他的儿子的发明，他想从中取利，所以还有一点儿希望来组织公司。您是施且尔父子的法律代言人……”

“请您好意的履行它们!”柏提—克罗微笑着说。

“好的。”大高恩德回答说。“如果您成功，或是把大卫关在监狱里，或是用一个会社的契约把他交给我们，您就是海牙小姐的丈夫了。”

“这就是您的‘哀的米顿书’吗?”柏提—克罗说。

“Yes（是的），因为我们说外国语。”

“这是我用正确的法文所说出来的最后通牒。”柏提—克罗说，他的声调是干脆的。

“啊！我们想想看吧。”高恩德用好奇的神气辩答说。

“请您明天把我介绍给徐郎赤夫人，您得给我做些确实的事情，请您履行您的许诺。不然的话，我就替施且尔 ·大卫还清债务，跟他合股，把我的职务再卖出去，我不愿意人家跟我开玩笑。您已经跟我说得清清楚楚，我是用同样的口腔来说。我已经做过我所应做的，请您做您所应做的吧。您有一切，我什么也没有。如果我找不到您的诚恳的报酬，我就要变出您所做的同样的把戏了。”

大高恩德戴上他的帽子，拿起他的雨伞，鼓起他那耶稣会会徒的神气，走了出去，叫柏提—克罗跟着他去。

“您可以看得出来到底我是不是已经替您预备好您的路子！……”商人对法律代言人说。

只在顷刻之间，精明而狡猾的纸业商人早已认识了自己地位的危险，他已经看出柏提—克罗是一个应当和他要坦白的把戏的人。为着准备和塞责起见，他已经在说明海牙小姐的经济情况的借口之下给当日的总领事的耳朵旁边送去几句话：

“我有一桩关于佛兰苏丝的事情，因为，现在有三万佛郎嫁资的女人，”他微笑的说，“不应当太苛求。”

“我们以后再谈这个问题吧。”胡多瓦·佛兰锡回答说。“自从巴尔吉顿夫人走了之后，徐郎赤夫人的地位大大的改变了：我们可以把佛兰苏丝嫁给一位老乡绅。”

“这样，她一定不会好好的自处。”纸业商人冷淡的说。“呃！我看还是把她嫁给一位在您保护下的能干有雄心的青年吧，他会把他的妻子放在优美的地位上。”

“我们以后再瞧吧，”佛兰锡重复的说，“无论如何总得问问她的干妈。”

巴尔吉顿先生死了之后，纳格礼柏里斯·路易丝就把明拿慈街的公馆卖出去，徐郎赤夫人觉得自己的房子太寒酸气，就凑徐郎赤先生买这所房子——就是鲁先的野心的发源地、开始这幕戏的那一所房子。徐郎赤·淑翡玲想要继续巴尔吉顿夫人所施展的权威，有一个沙龙，当一个大贵妇。在安古莲高等社会里，自从巴尔吉顿先生和商都尔先生决斗之后，就分为两个派别：一派赞同纳格礼柏里斯·路易丝的无罪，一派赞同商都尔·斯坦尼斯拉斯的诽谤。徐郎赤夫人自称为赞同巴尔吉顿夫妇的一派，她先获到这一派的一切的人。然后，当她住在这公馆里的时候，她就利用好几年都到这里来玩耍的人的习惯。她每天晚上接待客人，确切的胜过自称为反对派的商都尔·阿美利。生活在安古莲贵族社会中的胡多瓦·佛兰锡，他的希望甚至于想把佛兰苏丝嫁给勃萝沙尔夫人没有成功拉给她女儿的老塞维拉克。新近变成安古莲州长夫人的巴尔吉顿夫人的回乡增加了淑翡玲对于她所疼爱的干女儿的野心。她对自己说：查特利·西克斯特伯爵夫人一定会利用她的地位，帮助她的接承人。可以屈指算知全安古莲的这位纸业商人一瞥眼就看出这一切的困难；但是他却决定用达尔杜夫的胆量跳出这个苦境。非常奇异他那正在诉讼的东家的法律代言人就让他在制纸厂到明拿慈街的公馆的路中想着这些问题，然而在这公馆的梯头，这两位讨厌的人物却被这些话阻止了：

“先生和太太正在吃饭哩。”

“无论如何，请给我们报一声。”大高恩德回答说。

报了名字引了进去之后，这位虔诚的商人马上就把这位律师介绍给宝贝的淑翡玲，淑翡玲和胡多瓦先生跟海牙小姐面对面的在吃饭。徐郎赤先生正如平日一样到毕孟德先生家里去打猎去。

“太太，这位是我对您说过的年青的律师，法律代言人。他要负责解放您的美丽的少女。”

旧日的外交家细细的研究柏提—克罗，在他方面，柏提—克罗却偷偷的瞧着“美丽的少女”。高恩德和佛兰锡从来没有对淑翡玲说过一句关于这桩事的话，淑翡玲的惊愕甚至于使她从手中失落了她的叉子。海牙小姐是一位面有怒容、身材瘦弱难看、带有平淡金栗色的头发的泼妇。虽然她有一点儿贵族气，她却非常不容易结婚。出生证上面所写的“父母不知何许人”几个字禁止她到干妈和佛兰锡所要安放她的社会里去。海牙小姐不知道自己的地位，她的性情很执拗，她曾拒绝过湖姆最有钱的商人。看见了消瘦的法律代言人所给海牙小姐引起的相当含有意义的怪态之后，高恩德又在柏提—克罗的嘴唇间找到这表情。徐郎赤夫人和佛兰锡似乎在互相商议，研究用什么方法来辞退高恩德和这位受他保护的人。看出了这一切，高恩德就请求胡多瓦先生让他和他私谈几分钟，和这位外交家一同到客厅里去。

“先生，”他清清楚楚的对他说，“父亲的情分把您弄糊涂了。您不容易嫁您的女儿；为您各方面的利益着想，我已经把您放在一个无法退缩的地步了；因为我爱佛兰苏丝就像爱一个自己的养女一样。柏提—克罗知道一切！……他的雄大的志气可以给您担保他会使您的女儿幸福。先说，佛兰苏丝可以使她的丈夫要做什么就做什么；但是您呢，由于快要回来的州长夫人的帮助，您可以使他当检察官。米罗先生一定会任命到拿维尔去的。柏提—克罗可以卖掉他的职分，您可以很容易的给他弄个次席检事，他不久就可以变成检察官，再升法院院长、议员……”

回到饭厅里的时候，佛兰锡对于他的女儿的适当的配偶特别的喜悦。他用某一种神色看了徐郎赤夫人一眼，这一幕介绍戏也就以邀请柏提—克罗第二天来吃饭讨论事情结束了。然后，他就送这位商人和法律代言人一直到院子里去，而对柏提—克罗说：因为高恩德的介绍，他和徐郎赤夫人都便着赞同海牙小姐的幸运的护卫人对于这位天使的幸运所要做的一切。

“啊！她未免太丑了！”柏提—克罗叫了起来，“我上了当了！……”

“她有一个出色的气度。”高恩德回答说，“如果她是美丽的话，人家还把她嫁给您吗？……呃！亲爱的，您还有三万佛郎的产业，徐郎赤夫人和查特利伯爵夫人的保护，这些都是太好的了；并且，胡多瓦·佛兰锡先生绝不会结婚，这位女儿就是他的继承人……您的婚姻算是决定了！”

“但是，您怎么办好的呢？”

“我刚才是这么说的，”大高恩德立刻的回答，对法律代言人叙述他的大胆，“亲爱的，人家说米罗先生要被委到拿维尔当检察官去：您可以卖掉您的职分，十年之后，您就可以变成国王的司法大臣了。您相当有胆量，您不会在王朝命令您的差事之前退缩。”

“好吧，明天四点半请您到桑林场去。”法律代言人被将来的可能性迷住，就回答说，“我可以看见老施且尔，我们可以订立一个会社的合同，在这会社中，父子两个人都要属于高恩德兄弟的‘好意’。”

当马尔萨克地方的老教士走上安古莲的堡垒来告诉爱薇她的弟弟的状况时，大卫已经躲在尊严的教士刚刚离开的那扇房门再过去两扇门的屋子里边十一天了。

马郎教士转出桑林场，他在那里看见三个非常特别的人，他们都用全力压迫这位可怜的自禁的囚犯的将来和现在：这三个人就是老施且尔、大高恩德和消瘦的小法律代言人。三个人是三个贪欲！但是三个贪欲却和三个面貌一样的不同——一个出卖他的儿子，一个出卖他的主顾，而大高恩德则收买这一切的丑行，自夸没有付过任何的钱。时候差不多五点钟了，大多数回家吃饭的人都留步来看一看这三个人。

“老施且尔和大高恩德到底在商量些什么名堂呢？……”最好奇的人想。

“他们一定在讨论那个扔下妻子、岳母和孩子，让他们没有饭吃的可怜虫。”人家的回答。

“所以，请您们就把儿子都送到巴黎去学艺去吧。”一位富有外省精神的人说。

“呃！您到这里来有什么贵干，教士先生？”葡萄种植人瞥眼看见马郎教士刚转过桑林场，就叫了起来。

“我是为您的人而来的。”老头儿回答说。

“还是关于我的孩子的一个意见！……”老施且尔说。

“您不必花费多少就可以使一切的人快乐。”教士说着，指着在帘幕间露出施且尔夫人的美丽的面孔的窗户。

这个时候，爱薇哄止了孩子的哭声，抱他起来，给他唱歌。

“您给我带些我的孩子的消息呢，”父亲说，“还是给我带些钱来呢？那是更好的。”

“不，”马郎先生说，“我给姐姐带来弟弟的消息。”

“鲁先的消息吗？……”柏提—克罗叫了起来。

“是的。这位可怜的年青人从巴黎步行回来。我在古尔多尔家里找到他，又累又穷得都快要死啦！”教士回答说。“噢！他真是可怜！”

柏提—克罗给教士行礼，拉着大高恩德的手臂，大声的说：

“我们在徐郎赤夫人家里吃饭，是穿衣服的时候了！……”

走了两步之后，他就朝着他的耳朵说：

“有了儿子，不久也就可以占住母亲。我们扣得住大卫了……”

“我给您做了媒了，您也得给我做媒哩。”大高恩德说着，露出一个假笑。

“鲁先是我的中学同伴，我们是同学！……一星期之内，我可以从他那里打听出一些事儿。请您想办法公布法令，我能够把大卫下在狱里。他的名字上了囚人簿，我的责任才算完了。”

“啊！”大高恩德轻声的叫，“最美的事情就是用我们的名字领执照！”

听了这最后一句话，消瘦的小法律代言人不禁发起抖来。

这时候，爱薇看见她的公公和马郎教士走进来，教士的一句话刚刚使一场法律上的幕景停演。

“瞧，施且尔夫人，”老熊对他的儿媳妇说，“这是我们的教士，他一定是来告诉您一些关于您的弟弟的好消息。”

“噢！”心坎受了一个打击的可怜的爱薇叫了起来，“他还能够发生什么事情呢？”

这个感叹的声音宣告出无限的苦痛、无限的恐怖、无限的感情，使马郎教士不得不忙着说：

“您放心，太太，他还活着！”

“请您好心给我找我的母亲来，爸爸，”爱薇对葡萄种植人说，“她要听先生说些关于鲁先的事情。”

老头儿找查尔登夫人去，对她说：

“您一定会和马郎教士吵架去，他是一个好人，虽然是教士。吃饭一定要晚了，我一个钟头之内再回来。”

于是，这位感觉不到任何不会使金子发响发亮的东西的老头儿就把这位老太太扔在那里，没有看到他给她带来的拳击的效果。压在她两位孩子身上的不幸，鲁先脑子里所有的希望的流产，想不到这么久以来都相信是坚毅而廉洁的性格却是这样的变迁，还有十八个月以来所有的一切的事故，这一切都把查尔登夫人弄成难认的。她不但是属于高贵的种族，她的心也是高贵的，她崇拜她的儿女。所以，在这最后六个月中她所受到的痛苦要比守寡以来所受的多。鲁先有希望得到上谕，改姓为吕崩柏礼，给这个家庭恢复他的衔头和勋章，变成伟人！然而他却堕落在污泥之中！因为她比她的女儿还要严肃，听到期票的事情的那一天起，她就把鲁先看作是丢掉了的。做母亲的人有时会弄错，但是她们往往认识清楚她们所养育的儿女。她们所没有离开过的儿女。大卫和他的妻子讨论鲁先在巴黎的机遇的时候，查尔登夫人表面上同意她的女儿对于弟弟所有的幻象，心里头却只怕大卫所说的话有道理，因为他所说的就好像她这做母亲的人从良心上所说出来的一样。她太清楚女儿的细腻的情感了，所以不能够对她表露她的苦痛，她只好在保守缄默之中去吞忍她的苦痛，这是溺爱儿女的母亲所能做到的。在她一方面，爱薇也恐惧的注意她母亲的悲哀所生的烦扰，她看着她的母亲从老年变成衰老，总是这样的改变下去！所以，母女两个人都互相撒了许多高贵的谎，其实是谁也骗不了谁的。在这位母亲的生活中，凶恶的葡萄种植人所说的这句话就好像是凑满苦杯的一滴水，查尔登夫人觉得心坎受到打击。

所以，当爱薇对教士说“先生，我的母亲来了！”的时候，当教士长看见好像老女教徒的刻苦的脸孔（包在白头发中而有退隐的女人所有的温和的美化的神色的脸孔），看着她随着上帝的旨意而行走的时候，他就懂得这两位苍生的整个的生活了。教士已经不再怜悯刽子手，不再怜悯鲁先了，他发抖的猜透这两位牺牲品所受的一切的忧伤。

“母亲，”爱薇拭着眼泪说，“可怜的弟弟离我们并不远，他在马尔萨克。”

“为什么不在这里呢?”查尔登夫人问。

马郎教士叙述鲁先在旅途中所遇到的困难和鲁先在巴黎的最后几天的不幸。他说：当诗人知道他的不慎行为给家里产生了怎么样的结果，当他领会安古莲等着要怎么样的欢迎他的时候，他是如何的忧虑。

“他是不是因此而怀疑我们呢?”查尔登夫人说。

“这位不幸的人是步行回来的，他受到最可怕的困难，他是回来预备走进最谦卑的生命的路上，……来痛改他的错过的。”

“先生，”姐姐说，“虽然我的弟弟给我们这么多苦头吃，我还是爱他的，好像人家爱一个已经不生存的人的躯壳一样。并且，这样的爱他才算是比多数的姐妹爱她们的兄弟更为爱护我的弟弟。他把我们弄得太穷了；但是请他来，他可以分享我们所剩下的一点小面包片，总之，他所留给我们的东西。啊！如果他没有离开我们的话，先生，我们也不至于扔掉我们的最值钱的宝库。”

“是不是就是把他劫去的那位女人的马车又把他带回来呢?”查尔登夫人叫了起来，“去的时候，和巴尔吉顿夫人一块儿走，在她的身边，回来的时候，却坐在她的马车的后面!”

“在您们现在的环境下，我能够帮助您们什么忙吗?”勇敢的教士说，他在寻找一个借口，预备告退。

“呃！先生，”查尔登夫人回答说，“人家说金钱的伤痛并不是致命伤，但是这一类的伤痛除了病人自己以外就没有其他的医生了。”

“如果您有力量使我的公公帮助我的丈夫的话，您就救了我们全家了。”施且尔夫人说。

“他不相信您们，并且我觉得他非常气愤您的丈夫。”老教士说，葡萄种植人所说的话使他觉得施且尔的事情是一个不可插足其间的蜂窝。

使命完结了，教士就到他的侄孙女婿步斯特尔家里去吃晚饭，步斯特尔和一切安古莲一样解说了父亲反对儿子的理由，打散了他的老叔祖的轻微的好意。

“人家可以拿钱给浪费者花费，”短小的步斯特尔说，“但是拿钱给实验者去花就非毁了自己不可。”

马尔萨克地方的教士的好奇心算是满足了，在一切外省之中，这种好奇心的满足是人家对于它所有的大兴趣的主要的目的。那天晚上，他就把施且尔家中所发生的事情都告诉了诗人，又说他到安古莲去的旅行完全是最纯粹的仁慈所叫他负起的使命。

“您让您的姐姐和您的姐夫负了一万至一万两千佛郎的债务。”他结束的说，“亲爱的先生，没有人能够有这些闲钱借给他的邻居。在安古莫瓦省，我们都不是富人。我相信：当您告诉我这期票的问题的时候，您所说的并没有这么大的数目。”

给这位老教士答谢了他的好意之后，诗人就对他说：

“您给我带来的宽恕的话语就是我的真正的宝库。”

第二天，鲁先大清早就从马尔萨克到安古莲去，他是九点钟左右进了城的，手中拿着手杖，穿着一件在旅途相当受伤的小礼服和一条染有白土迹的黑裤。他那穿破了的长靴可以相当证明他是属于贫穷的步行的阶级。所以，他不能够隐藏来时和去时的不同所要给同乡们产生的印象。但是，虽然心口还在老教士所述的故事给他产生的紧迫的悔疚之下喘息着，他却暂时接受了这责罚，决定厚着脸皮去冲破他所认识的人的眼光。他对自己说：

“我是勇敢的！”

一切的诗人的本性又开始欺骗自己了。就在他走进湖姆的时候，他的灵魂就在这次回来的耻辱和回忆的诗境中争斗着。他跳悸着心，走过步斯特尔的门前，侥幸得很，那里只有马郎·黎昂尼和她的孩子在铺子里。他很高兴的看着拭去了的他的父亲的名字（他的虚荣心还是有力量的）。自从结婚之后，步斯特尔就重新油漆他的店铺，学巴黎的办法，只在上面漆着“药房”两个字。登上了巴勒门的斜坡，鲁先受到乡土的空气的影响，已经不再觉到穷苦的重量的压迫，而快乐的对自己说：

“我就要看他们去了！”

他走到桑林场，没有遇见任何的人：这正是他所苦心希望的幸福，他这位当日用得胜者的资格在城中散步的人！在门前巡哨的高尔布和马利昂急忙的爬上楼梯，口里喊着：

“他来了！”

鲁先重新看见老工场和老院子，他在楼梯上遇见他的母亲和他的姐姐，他们互相接吻着，暂时忘记了一切的紧迫的苦痛。在家庭之中，人们差不多总是和不幸和解的，人们在那里团结，而希望也使人忍受艰苦。如果鲁先代表失望的图像的话，他也同样的代表诗境的图像：路上的太阳晒黑了他的脸色，留在痕迹之中的一个深刻的悲哀把他的影子投在诗人的额上。这种变化宣告了许多的苦痛，使人家看见穷苦在他姿势上所留下的痕迹不能不产生一种唯一的情绪——怜悯。离开家庭时所有的幻象，回来的时候却只找到悲惨的实在。爱薇快乐时所有的微笑正是圣女们在殉道时所有的微笑。悲哀使一位非常美丽的女人的脸孔变成高超。严肃代替了他动身到巴黎去的时候在他的姐姐脸上所看到的天真烂漫的神色，这严肃已经太流利的对鲁先说话了，使他不能够不获到一种苦痛的印象。所以，这样剧烈、这样自然的第一次的情感的流露之后，两方面都有一个反应随着而来：大家都怕开口说话。然而鲁先却禁不住用他的眼光来寻求缺席这团聚的那个人。这个眼光是容易被了解的，他使爱薇啼泣，回过来，又使鲁先流泪。

“您还可以对我再严厉些。”鲁先吻着他的母亲说。

至于查尔登夫人呢，她保持着灰白的脸色，表面上很镇静。爱薇站了起来，走下楼去，免得对她弟弟说一句难堪的话，她去对马利昂说：

“孩子，鲁先喜欢杨梅，您去找一点儿来！……”

“噢！我早就想过您一定要给鲁先先生庆祝。您放心，您一定有一顿好早饭和一顿好晚饭吃。”

“鲁先，”查尔登夫人对她的儿子说，“你得在这里好好的改过。去的时候，你要变成家庭的光荣，然而你却把我们都陷在悲惨的地步。你把你姐夫手中为新家庭设想的幸运的工具差不多都给打粉碎了。你只是打破了这个……”母亲说。

接着是一个可怕的沉静，鲁先的缄默也就证明他接受母亲的责骂。

“你得走上工作的路，”查尔登夫人轻声接着说，“我并不责备你想方法恢复我所生长的高贵的家庭，但是要办到这种事就得先有财富和豪雄的情绪，然而你却没有这些东西。你让我们用不信任来接上我们对你的相信。你破坏这个勤紧而谦虚的家庭的和平，使这家庭现在走上困难的路上……这初次的错过，现在已经给你第一次的宽恕了。你不要再踏上旧辙。我们现在已经陷在困难的环境中，你得谨慎，你得听你姐姐的话：虽然不幸是艰苦的，但是它却是一个教师，它的功课已经给她带来不少的效果。她变成严肃的，她已经是一位母亲了，她用她对我们的亲爱的大卫的忠诚来负起家庭的重担；总之，她因为你的错过而变成我的唯一的安慰了。”

“您还可以对我再严厉些。”鲁先吻着他的母亲说，“我接受您的宽恕，因为这应当是我一辈子所接受的唯一的宽恕。”

爱微回来了。看到弟弟的贴服的态度，她懂得查尔登夫人已经说过话了。她的好心肠给她在嘴唇上放出一个微笑，鲁先就用抑制的眼泪来回答这微笑。见面好像魔术一样，它就改变了家庭之中、爱人们之间所有的敌对的态度，虽然不满意的动机如何的强有力。感情是不是要在人们心中追踪人们所喜欢重新堕入的路迹呢？这种现象是不是属于磁力学的问题呢？理性是不是说人家不应当重新见面，或是应当互相宽恕呢？不论这效果是属于理性的推理，或是属于物理的原因，或是属于心灵的问题，每一个人都应当试验过：一个被爱的人的眼光、姿势和动作可以在他所最攻击、所最伤痛、所最虐待过的人身上重新找到温情的痕迹。如果精神上不容易忘记，如果利益还在受损害，无论如何，心坎总要恢复卑屈的地位。所以，这位可怜的姐姐一直听着她的弟弟和盘托出他的事情到吃饭的时候为止，一瞧着他就不能够管束自己的眼睛，一让心坎说话就不能够管束自己的声调。懂得巴黎文学界的生活的成分，她就知道了鲁先如何会在他的斗争中失败了。诗人抚摸他的外甥的快乐，他的孩子气，重新再见故乡和家人的幸福，加上知道大卫隐藏起来的忧愁，鲁先所说的悲哀的话语，看见马利昂拿出杨梅，想到他的姐姐居然在悲惨的情况中还记得他的嗜好而引起的他的感动，这一切的一切甚至于为放荡的弟弟所预备的寝处，所有的关照，都把这一个日子弄得和过节一样。这是贫苦之中的一个小憩，老施且尔自己却逆忤这两位女人的情感，对她们说：

“您们这样的庆祝，好像他给您们带回几千几百似的！……”

“我弟弟到底干了些什么，不配得让人家庆祝呢？……”施且尔夫人叫了起来，她很妒忌的隐藏鲁先的耻辱。

不过，最初的温情过了之后，真实的暗影就出现了。鲁先不久就看出爱薇的现实的情感和旧日的情感之中大有不同。大卫受到人家的深切的崇拜，然而鲁先不过也还被人爱就是了，正如人家爱一位情妇，虽然情妇使他发生许多惨剧一样。情绪的必要基础就是敬重，敬重给情绪保证我也说不出那一种的确切、那一种人们所生活在其中的安全，然而却不存在于查尔登夫人和她的儿子之中、弟弟和姐姐之间。鲁先觉到他缺乏没有败坏名誉时人家所要给他的整个的信任。阿尔太斯所写的关于他的意见已经变成他的姐姐对他所有的意见了，这可以在她的姿势、眼色、声调之中看得出来。鲁先被人哀怜！但是光荣、家族的贵人、家庭的英雄，这一切的美妙的希望都跑得无踪无迹了。人家恐怕他的轻浮，甚至于不告诉他大卫的避难所。带有好奇性质而要看望他的姐夫的鲁先的妩媚摇动不了爱薇，爱薇已经不是当日把鲁先的眼色看作一道不可拒绝的命令的湖姆的爱薇了。鲁先说要改过，自夸能够救得大卫。爱薇回答他说：

“别管闲事了，我们的反对派都是最狡猾、最能干的人。”

鲁先摇着头，好像是说：“我和巴黎人都争斗过……”他的姐姐用一道眼色辩答，意思是说：“你是被征服的。”

“人家不爱我了。”鲁先心里想。“在家庭中正如在社会中一样，都得成功。”

第二天之后，为着自求解释母亲和姐姐对他不大信任的原因，这位诗人就有一个不是怨恨而是悲哀的思想。他把巴黎的生活应用在这贞洁的外省的生活之上，忘记了这退让的高超的内心所有的忍耐的冷淡其实是他自己所造成的结果。

“她们都是中产阶级啦，她们不能够了解我。”他对自己说，这样的把自己和姐姐、母亲和施且尔分隔了。他们都不会错认了他的性格和他的前途。

爱薇和查尔登夫人的占卜的感觉是许多的打击、许多的不幸给它们唤醒了的，她们都在侦探鲁先的秘密的思想，她们觉得鲁先误解她们，看着他和她们隔膜起来。

“巴黎给我们把他大大的改变了！”她们互相的谈论。

她们就收到自己所培植的自我主义的果实。在两方面，这根源都得发酵，而且已经发酵了，特别是在这样值得责骂的鲁先身上。至于爱薇呢，她正是一个懂得对于错过的兄弟说声“对不起你的错过……”的姐妹。因为在生活的初期中，灵魂的结合在鲁先和爱薇之间是那样的完全，一切打击这感情的理想的都是致命伤。大罪人打起架来又和解的时候，互相敬爱的人却无法挽回只为一个眼色或一句话语而引起的互相龃龉。对于心灵生活的差不多完全的回忆往往就是无法解释的分离的原因。人们可以生活在没有信任的心灵之中，只要过去不会产出一张纯粹而没有暗影的感情的图像；但是在两个先前那样完全结合的人方面，只要眼色和话语需要谨慎，生活就变成不可忍受的了。所以，伟大的诗人们一离开青年时代就弄死他们的保罗和维尔志尼。您能够了解被烦扰的保罗和维尔志尼吗？……我们应当注意，就是爱薇和鲁先得到光荣，受过这样大伤的兴趣也不会使这伤痕平复。在无可诟病的姐姐身上，正如在有错过的弟弟身上一样，一切都是情感；所以，一个小小的误会，一回小小的争吵，鲁先所做的一个新的误算都能够打散他们的联结或引起不可挽回的扰乱家庭的纷争。因为金钱，一切都可以讲得通，但是感情却没有怜悯。

第二天，鲁先收到一份安古莲的报纸，他快乐得脸色发白的看着这地位高卓的报纸所登的《安古莲名人录》的一段，这报纸有点像外省的翰林院，有点像福尔泰尔所说的培植大了的女郎，却从来没有使人谈过他：

正如福兰慈—刚地骄傲的生过雨果·维克多尔、诺地埃·查尔和居维尔，布列颠生过沙都勃里昂和拉孟尼，诺曼地生过德拉维额·卡西米尔，都尔兰生过《埃罗瓦》的著者；现在，伟大的革斯（即著名的巴尔扎克）在路易十三时代就来当同乡的安古莫瓦已经不必跟这些外省妒忌，也不必和出过杜布伊特兰的李莫桑、孟罗西尔的故乡奥维尔额、出过许多伟人的保尔都妒忌了；我们，我们也有一个诗人！美丽的十四行诗《群芳集》的著者，不但是诗人，而且是一位散文作家，因为他还著有这么伟大的小说《查礼九世的弓手》。将来总有一天，我们的后人一定也要骄傲说是查尔登·鲁先的同乡，这位柏特拉尔克的文坛敌手！！！……

在这时代的外省报纸中，这感叹的符号就好像英吉利的 meeting（民众大会）中欢迎 speeches（演讲）的喧呼一样。

虽然他在巴黎有他的显著的成功，我们的青年诗人却记得巴尔吉顿公馆是他的胜利的发源地，安古莫瓦省的贵族曾经第一次喝彩过他的诗章，本省州长查特利伯爵夫人曾经鼓励过他第一步踏进这些诗神的事业，于是，他就回到我们这里来了！……昨天，当我们的吕崩柏礼·鲁先出现的时候，整个的湖姆大为冲动。他的回乡消息到处产生剧烈的感动。当然，安古莲城也不能够让湖姆占先给这位在巴黎的新闻界和文学界这样光荣的代表我们的城市的人宣告他的荣耀。鲁先既是宗教派的诗人，又是保王党的诗人，他曾和各党派挑战过；据人家说，他是从一个可以使体育家比诗人或富于幻想的人还要疲倦的争斗中回来休息的。

由于我们所赞同的一个高尚的政治的思想，查特利伯爵夫人就是第一个赞同这思想的人，问题就在于给我们的大诗人恢复显著的吕崩柏礼家姓和头衔，他的母亲查尔登夫人就是这家族的唯一的承继人。用才能和新的光荣使将要熄灭的老家族返老还童，这个办法，根据不朽的大宪章的作家的意见，是一个新的证据，可以证明他用‘联盟与忘却’这几个字所表达出来的常定的欲求。

我们的诗人已经回到他的姐姐施且尔夫人家里来了。

在《安古莲消息》这一栏底下就有这么一段新闻：

我们的州长查特利伯爵先生本来已经任命为国王陛下的内待大臣，新近又被任为特任国家顾问。

昨日，一切官员都到州长先生家里去拜谒。

查特利·西克斯特伯爵夫人每星期四接见客人。

查特利夫人之父埃斯卡尔巴市长纳格礼柏里斯先生是埃斯巴尔家族的幼房的代表人，他最近受封伯爵、法兰西世卿、圣路易勋级会的司令官。据闻，他被派为本届安古莲选举会的会长。

“瞧。”鲁先把报纸递给他的姐姐，对她说。

用心的读了这篇文章之后，爱薇若有所思的把报纸递还鲁先。

“你对这个有什么意见？……”鲁先问她，他很奇怪她有这种类似冷淡的谨慎的态度。

“朋友，”她回答说，“这个报纸是高恩德兄弟所有的，他们有绝对的主权在那里插进几篇文章，只受政府和教区约束。你认为你的老情敌、现任的州长，相当大方给你这些赞美吗？你忘记了高恩德兄弟曾用麦持维尔的名义来追究我们，又逼着大卫把他的发明让他们拿去取利吗？……这篇文章是从哪儿来的，我很不放心。你只在这里激动怨恨和妒忌，人家要依照格言所说的来诽谤你：‘在本乡没有先知。’转瞬之间，一切就都变了！……”

“你不知道外省城市的自尊心。”鲁先回答说，“南方一个小小的城市，人家到城门去迎接一个在竞考中得奖的青年，把他看作未来的伟人！”

“听我的话，亲爱的鲁先，我不是喜欢谆告你，我只要告诉你一句话：在这里，你不要相信甚至于最小的东西。”

“你有道理。”鲁先回答说，他很惊愕他的姐姐这样的不同情他。

诗人非常快乐的看着自己那卑贱而耻辱的回到安古莲来却变成一个胜利的凯旋。

“你们不相信我们所受到的这么大的牺牲所得到的小小的光荣！”鲁先心中好像狂风一样的度过一个钟头的沉默之后，就这样的叫了起来。

爱薇瞧了鲁先一眼，这就算是她的整个的回答了，这一瞧眼使鲁先觉得惭愧。

晚饭后的一些时候，州长衙门的一个听差送来了一封写给查尔登·鲁先先生的信，这封信似乎是给诗人的虚荣一个胜诉，是家里人所争论的。

这封信是下面的一通请柬：

> 查特利·西克斯特伯爵先生与查特利伯爵夫人敬请查尔登·鲁先先生于九月十五日与彼等共进晚餐为幸。
>
> 候复。

信之外又加上一张名片，上面印着查特利·西克斯特伯爵的另外三个头衔：内政大臣、查兰特州长、国家顾问。

“您有福气，”老施且尔说，“人家在城里都说您是一个大人物……安古莲和湖姆人都在争论着到底应当由谁来给您编花冠……”

“亲爱的爱薇，”鲁先朝着姐姐的耳朵说，“我完完全全和当日要到巴尔吉顿夫人家里去的时候一样：我没有衣服穿去参加州长的宴会。”

“那么，你打算接受他的邀请吗？”惊吓了的施且尔夫人叫了起来。

姐弟之间就发生了一个争论，就是到或是不到州长衙门去。外省女人的智慧告诉爱薇人家只能够用一副笑脸、一套完全的衣服、一个不可责骂的态度到社会上去显露头角，但是她隐瞒着她的真正的思想：

“州长的宴会要把鲁先带到哪里去呢？安古莲的上等社会能够对他做什么呢？人家不是想什么阴谋来打倒他吗？”

鲁先终于在就寝之前对他的姐姐说：

“你不知道我的势力，州长的妻子骇怕新闻记者；何况在查特利伯爵夫人身上永远有纳格礼柏里斯·路易丝的成分！一位刚得到许多恩宠的女人会救出大卫！我可以告诉她我的姐夫刚发明的东西，在她方面，到部里去要一万佛郎的救济来，简直算不了什么。”

夜里十一点钟，鲁先、他的姐姐，他的母亲和老施且尔、马利昂和高尔布都被城里的乐队加上驻军的乐队的音乐惊醒了，他们发现桑林场人山人海的。安古莲的年青人特别为吕崩柏礼·查尔登·鲁先组织一个夜间音乐会。鲁先跑到他的姐姐窗前，在奏完最后一段的音乐之后，在深刻的沉默之中说：

“我感谢我的同乡所给我的荣幸，我要使我不至于辜负他们的盛意；他们可以宽恕我没有再说什么话；我的感情太热烈了，我不知道如何继续说我的话。”

《查礼九世的弓手》的作者万岁！……——《群芳集》的作者万岁！——吕崩柏礼·鲁先万岁！”

几个声音所呐喊的这三呼之前，三个花冠和一些花束就从窗上很巧妙的掷进寓所里来。十分钟之后，桑林场又空无人迹，被寂寞所统治了。

“我宁可有一万佛郎，”用非常侮慢的态度翻来覆去的触弄着花冠和花束的老施且尔这样的说，“但是您给他们群芳，他们就用花束回报您：您是在花中打滚的。”

“这是我的同乡所给我的荣誉使您们对我发生的敬重!”鲁先叫了起来，他的姿态表现出一种完全失去了悲哀的表情，真正的发出了满意的光辉，“如果您认识人的话，施且尔老伯，您就可以看得出来生命没有两个相同的时刻。只有对于一个真正的同情人家才应当有这样的胜利，……我的亲爱的母亲，我的好姐姐，这可以消除不少的忧伤。”

鲁先吻着他的母亲和他的姐姐，好像快乐外溢时不得不投进一个朋友心中的情形下人们的接吻一样。毕克西乌那时候曾经说过：“没有朋友的话，一位迷醉自己的成功的作家甚至于会接吻他的门房。”

“哎，亲爱的孩子，”他对爱薇说，“你为什么哭呢？啊！这是因为快乐……”

“哎呦!”当她们单独留在房里预备再去睡觉之前，爱薇对她的母亲说，“我相信在一位诗人身中有一个败类的美丽的女人……”

“你说得对。”母亲摇头头说，“鲁先已经忘记一切了，他不但忘记了他的不幸，同时也忘记了我们的不幸。”

母亲和女儿互相离开了，不敢互相告诉她们所有的一切的思想。

在一个被所谓平等的社会的不服从的情绪所吞没的国度里，一切的胜利都是没有巧妙的阴谋家的合作就不能够成功的奇迹。在十个活着的人所得到的十个由祖国宣告出来的小凯旋的欢呼之中，总有九个的原因并不是被拥戴的光荣者所知道的。福尔泰尔在法兰西剧院的舞台上的胜利难道不是他那时代的哲学的胜利吗？在法兰西，人家只能够在大家都在胜利者的头上给自己戴冠冕时得到胜利。所以，这两位女人的预觉是有理由的。外省伟人的成功和安古莲的静止的风俗大为相反，它不能够不是因为利益的关系，由同样狡猾的阴谋家扮演出来的。和大部分的女人一样，爱薇只是感情上觉得不信任，然而却说不出她的理由。昏昏沉沉睡去的时候，她心里还这样的对自己说：

“到底是谁在这样相当爱我的弟弟，激动了全乡呢？……《群芳集》并且还没有出版，人家怎么能够为着将来的成功而庆祝他呢？……”

这个凯旋其实是柏提—克罗所干的把戏。当马尔萨克地方的教士告诉他鲁先的回乡的那一天，这位法律代言人第一次在徐郎赤夫人家里吃晚饭，徐郎赤夫人必得正式接受人家对她的小女的求婚。这是一个家庭的餐宴，它的尊严多半是由服装表现出来，不是由人数显露出来。虽然是在家庭里，大家都知道自己在演戏，一切的举止都有意义。佛兰苏丝好像被人家安放在陈列室里一样。徐郎赤夫人举起最珍贵的服装的旗帜。胡多瓦先生穿了黑礼服。徐郎赤先生得到他的妻子给他报告查特利夫人的回乡的信，说她要第一次到她家里来显耀，来参加佛兰苏丝的意中人的正式的介绍典礼，他就从毕孟德先生家里回来了。高恩德穿着一件教会式的最好的栗色上衣，他让大家的眼光欣赏一个衬衫襟饰上价值六千佛郎的金刚钻，这是富商对于穷贵族的报复。拔过毛发，梳过头，用肥皂洗过澡的柏提—克罗怎么也不能够消除他那干燥的小器的气派。我们不能够不把这位紧束在衣服里头的消瘦的法律代言人和一只冻僵的蝮蛇相比较；但是希望却增加了他那两只喜鹊眼的活泼，他的脸孔装得那样的温和，他是那样的自夸，他刚刚好做到一位有野心的小检察官的尊严。徐郎赤夫人恳求她的好友们不要说到一句关于她的干女儿和意中人行第一次见面礼的话，也不要说到州长夫人的来临，因为这么一来，她就好像要等着来看高朋满座的客厅似的。事实上州长先生和他的夫人已经用名片来正式的拜访过，保留亲身的拜访来做活动的工具。所以，安古莲的贵族社会就受到这么大的好奇心的冲动，甚至于许多商都尔阵营中的人物也提议到巴尔吉顿公馆来，因为人家倔强的不肯把这所房子叫做徐郎赤公馆。查特利伯爵夫人的权势的证明引起不少的野心；并且人家都说她非常有利的变化了，每一个人都愿意用自己来批评她。在路上，从高恩德处听到淑翡玲已经得到州长夫人的恩宠因而能够引导她的干女儿的前途的消息之后，柏提—克罗就自夸能够从鲁先的回乡所给纳格礼柏里斯·路易丝放置的不良的地位中得到好处。

徐郎赤先生夫妇是以这么重的条件买这间房子的，结果他们这两位外省人就不想来加以任何的修改。所以，当人家宣告路易丝来临的时候，淑翡玲的第一句话就是：

“亲爱的路易丝，你瞧……您还是像您自己家里一样的在这里!”

同时又给路易丝指着当日迷惑过鲁先的悬挂梨状宝石的大烛台、木器和家具。

“亲爱的，这是我最不喜欢回忆的东西。”州长夫人温和的说着，在四周看了一看，观察会场。

每一个人都承认纳格礼柏里斯·路易丝已经不像她自己。在那里居留十八个月的巴黎的社会，和巴黎改变一位外省人一样的改变这位女人的结婚的初期的幸福，权势所给的一种尊严，这一切都使查特利伯爵夫人和巴尔吉顿夫人相比较好像一位女儿和她的母亲相比较一样。她戴一顶有花边有鲜花的帽子，随随便便的用一把金刚钻头的逼针钮上。她那英国式的头发很配合她的脸孔，而于遮盖脸上的周围中使她显得年青。她穿一件轻丝袍子，上身是尖形的，有美丽的流苏，这袍子是著名的维克多琳所制的，使她的身材显得特别窈窕。她那盖有围巾的肩膀好容易才能够从巧妙的围住她那太长的颈项的丝带下看得见。她能够舞弄一些小动作，是外省的妇女所不容易管束的：用一条链子挂在手镯上面的小巧玲珑的香炉，她一只手拿着她的扇子，卷起她的手绢，而不觉得不方便。极小的细节的味道，从埃斯巴尔夫人抄来的姿势和举止都给路易丝表现出她在圣日耳曼镇上所学到的渊博。至于帝政时代的老嬖人呢，结婚使他和前一天还是青绿的颜色而只于一夜之间忽然变成黄色的西瓜一样的变老了。当人家在妻子的艳丽的面孔上找到西克斯特所失去的青鲜的颜色的时候，人家就在各人的耳朵旁边说了许多外省人所说的笑话，正如一切的女人都为昔日的安古莲女王的新姿而自愿的发狂一样，过分的固执的僭越应当得让他为他的妻子而牺牲。除了商都尔先生夫妇，已故的巴尔吉顿、毕孟德先生和拉斯迪额夫妇以外，客厅差不多和鲁先当日在那里宣读诗词的时候一样的满座，因为主教先生也来了，跟着他来的还有他的大助理。四个月之前，柏提—克罗是怎么样也不敢希望到这安古莫瓦的贵族社会的中心来的，现在却被这景象愣住了，他觉得他对这些上等阶级的仇恨已经缓和下来了。他觉得这位伯爵夫人非常的动人，就对自己说：

“原来这位就是可以使我当检事的贵妇人！”

在夜会开过一半的时候，当她和每一个女人依照她的重要性和她对于她和鲁先的私奔所有的态度的不同而改变音调的谈了同样时间的话语之后，路易丝就和主教一同退到化妆室里去。淑翡玲拉了心里跳悸的柏提—克罗的手臂，带他到鲁先的不幸在那里开始而要在那里消磨的这个化妆室里来。

“这位是柏提—克罗先生，亲爱的。我特别有力的给你推荐，你所要帮他忙的对于我的干女儿一定很有用处。”

“你是法律代言人吗，先生？”这位伟大的纳格礼柏里斯家的小姐一边说，一边鄙薄的看了看柏提—克罗。

“对不起！是的，伯爵夫人。”

湖姆的裁缝的儿子平生以来就没有找过任何的机会说过这四个字，所以，他的嘴就像是满塞着似的。

“但是，”他接着说，“这全靠伯爵夫人使我当检察官。听说米罗先生要到拿维尔去……”

“但是，”伯爵夫人注意的说，“他不是先当副检事，再当正检事吗？我要让您立刻就当正检事。……为着帮忙您起见，我要确实知道您对于王法、对于宗教，特别对于维勒尔先生的忠心。”

“啊！太太，”柏提—克罗接近她的耳朵说，“我是一个绝对服从国王的人。”

“这是我们现在所应当的。”她答辩的说，退了回来，让他懂得她不愿意再听见人家在她的耳朵旁边说话，“如果您永远合徐郎赤夫人的意的话，您可以信托我。”她加上一句说，用扇子做出一人公主的姿态。

“太太，”柏提—克罗说着（高恩德走到化妆室门口，显露出他的面前），“鲁先在这里。”

“怎么啦，先生？……”伯爵夫人回答说，她的音调可以闭塞平常人的咽喉里所发出的一切的话语。

“伯爵夫人不懂我的意思，”柏提—克罗用最尊敬的方式接着说，“我要给她证明我对她这个人的忠心。伯爵夫人怎么能够愿意她所造就的伟人让安古莲欢迎呢？这里并没有他的社会，他不是得在这里变成轻蔑的对象，就得变成尊敬的对象。”

纳格礼柏里斯·路易丝并没有想到这两可的方案，这方案对她有明显的兴趣，这多半是因为过去的陈迹，不是因为现在的景象。伯爵夫人目下对于鲁先所有的情感是依照法律代言人囚禁施且尔的计划的成功。

“柏提—克罗先生，”她说着，取了一种高傲而庄严的态度，“您愿意属于政府。您得知道政府的第一个原则就是不要做下任何的错误，女人们比政府更要有权势的本能和尊严的感觉。”

“我的意思就是这个，太太。”他急切的回答着，用深刻而不被人窥见的注意力来观察伯爵夫人“鲁先最穷苦的回到这里。但是，如果他必得在这里受到人家的凯旋的欢迎的话，我也能够在这欢迎中迫他离开安古莲，他的姐姐和他的姐夫大卫正在安古莲受着迫切的债务的追究……”

纳格礼柏里斯·路易丝让人家在她那傲慢的脸孔上看出一个轻微的动作，这动作就是抑制快乐而产生出来的。她很惊奇柏提—克罗能够这样的猜透她的心思，她就打开她的扇，看着他，因为佛兰苏丝进来了，让她有时间来找出一个回答。

“先生，”她带着一个含有意义的微笑说，“您马上就可以当检察官……”

这不是不约而同的说了一切吗？

“噢！太太，”佛兰苏丝给州长夫人致谢，叫着说，“我得感谢您造福我的生命！”

她朝着她的耳朵，用少女的姿态倾向她的保护人，对她说：

“嫁给一位外省法律代言人就好像是让微火慢慢的烧死似的……”

如果淑翡玲这样的投到路易丝怀里的话，这是因为她受到佛兰锡的催促，佛兰锡并不是对官场没有知识。

“在任何场面的最初的几天，无论当州长也好，挨朝代也好，开发一种事业也好，”老总领事对他的朋友说，“人家都可以找到兴奋的人给他帮忙；但是他们不久一定会认出给人家保护的无聊而变成冰冷的。现在，路易丝可以给柏提—克罗做些三个月之后她不愿意替您的丈夫效劳的事。”

“伯爵夫人想到我们的诗人所应有的凯旋没有?”柏提—克罗说，“她应当在我们的感兴的十天之内接见鲁先。”

州长夫人头部做出记号，辞退柏提—克罗，她站了起来，走去和出现在化妆室门口的毕孟德夫人谈话。因为听到老纳格礼柏里斯高升为法兰西的世卿，侯爵夫人认为有来抚慰这位用半错过的行为来增高权势的相当能干的女人的必要。

“亲爱的，请您告诉我为什么您要花这么大的力气把您的父亲安放在上议院里呢?”侯爵夫人在一个倾心的谈话中这样的说。在这个谈话里，她在亲爱的路易丝的优势之前屈膝。

“亲爱的，国王给我这个恩典，因为我的父亲没有孩子，他也总是赞同国王，但是，如果我有男孩子的话，我相信我的长男一定会继承他的外祖父的头衔、勋章和世卿的职分……”

毕孟德夫人很悲愁的看出她不能够利用一位把野心放在儿子身上的母亲来实现使毕孟德先生高升为世卿的欲望。

“我抓住州长夫人了，”出去的时候，柏提—克罗对高恩德说，“我答应您的会社的契约……一个月之后我就是正检事了，而您，您也要变成施且尔的主人了。现在请您想法子给我找一个人来承接我的事务室，我在五个月之中已经把我的事务室弄成安古莲第一个事务室了……”

“只要让您开头顺利。”对自己的工程差不多有点妒忌的高恩德说。

现在大家都懂得鲁先在他的故乡的凯旋的原因了。正如这位法兰西的国王不对奥黎昂公爵加以报复一样，路易丝不愿意回忆巴尔吉顿夫人在巴黎所受到的侮辱。她要当鲁先的主人，用她的保护来毁坏他，客气的撇开他。由传说听到巴黎的阴谋的实况，柏提—克罗猜透了女人们对于不知道及时爱她的男人所有的剧烈的仇恨。

赞许纳格礼柏里斯·路易丝的过去生活的这个小凯旋欢迎会的第二天，为着眩惑鲁先而变成鲁先的主人起见，柏提—克罗就领导城里六个年青人到施且尔夫人的家里来，这六个年青人都是鲁先在安古莲中学时的同伴。

这是《群芳集》和《查礼九世的弓手》的作者的同窗所派来的代表团，他们来邀请鲁先出席他们要为同一出身的伟人所预备的宴会。

“瞧，原来是你，柏提—克罗！”鲁先叫了起来。

“你的回乡，”柏提—克罗对他说，“激动了我们的自尊心，我们受荣誉的刺激，我们沾了光了，我们给你预备大宴。我们的校长和师长也要出席，并且依据事情所应有的法则来说，你应当不至于拂我们的意。”

“哪一天？”鲁先说。

“本星期日。”

“这可不行，”诗人回答说，“我只能够在十天之后接受人家的邀请，……那时候我就很愿意接受您们的厚意……”

“好吧，我们是唯命是从的，”柏提—克罗说，“好，十天之后。”

鲁先非常快乐的接待他的同学，他们都给他表示差不多可以说是尊敬的钦佩。他抖擞精神的谈了差不多半个钟头，因为他觉得自己站在一个柱石座之上，得证明本地人的舆论：他把手插在裤袋里，完全以同乡给他捧在上面而只从上头看下面的神气来谈论。他是一个谦逊的好孩子，好像一位去了衣服的神仙一样。这是在巴黎挣扎得疲倦而解邪了的斗士的怨语；他庆祝他的同学没有离开本乡，等等。他让他们都喜悦他。然后，他就请柏提—克罗到一边去，问他大卫的事情的真相。柏提—克罗出力对他的老同学说出他的意见，说他只是外省的一个可怜的小法律代言人，不怎么样的精细。现社会的组织和古代的社会组织相比较有无穷的复杂，结果在人类之中就分别了许许多多的机能。以前的大人物非得是全才不可，结果这一类人物的数目不多，好像古代民族的火炬一样。后来机能专门化了，但是品性还是应付一切东西的全体。所以，正如路易十一时代的人所说的一样，一个狡猾的富人能够把他的狡猾应用在一切的方面；然而现在就连品性也分化了。比方说，有多少不同的职业就有多少不同的狡猾。一位狡猾的外交家可以在外省边僻的地方，在一桩事情中，被一位平庸的法律代言人或是一位乡下人耍得不亦乐乎。一位非常狡猾的新闻记者在商业的利益方面可以是一个非常幼稚的人，所以鲁先必得是柏提—克罗的玩意儿，而且已经做了他的玩意儿了。当然那篇叫全安古莲的人（包括湖姆镇）来庆祝鲁先的文章，就是这位调皮的律师自己所写的。到桑林场来的所谓鲁先的同乡就是高恩德兄弟的印刷局和制纸厂的工人，再加上柏提—克罗的书记、葛仓，和几位中学的同伴。再回来做鲁先的同学，这位法律代言人想得真不错，他想在相当时间中，他的同学一定会把大卫的藏匿的秘密泄漏给他。而且，如果大卫因为鲁先的错误而陷入危境的话，安古莲绝不会宽恕这诗人。所以，为着更可以施展他的威力起见，他就特别把自己安放在鲁先的下属的地位。

“我怎么没有尽我的力量啦?”柏提—克罗对鲁先说，“问题就在于我的同学的令姐；但是在法院里头，总有许多情形让人失败。大卫六月初一请我担保他在三个月之内没有事；他只在九月的时候才有危险，我还知道用方法从他的债权人手中偷出他的财产，因为我在王家法院打了胜诉，我让人家判决妻子的财产是绝对的，在任何情形之下都不得让人秘密贩卖……至于你呢，你很落魄的回来，但是你是一位天才……”

鲁先做出一个被人过颂的人所有的姿势。

“是的，亲爱的，”柏提—克罗接着说，“我念过《查礼九世的弓手》，这不只是一部著作，简直是一部大书！序言只能够是两个人写的，沙都勃里昂或是你！”

鲁先接受这个赞辞，没有说出这篇序文是阿尔太斯所写的。在一百个法兰西作家之中，总有九十九个和他有同样的举动。

“好吧，这里的人好像还不认识你的神气。”柏提—克罗故意装作发怒的神气接着说。“当我看见一般人都漠不相关的样子，我就出头来革命这社会。我就写了你所念过的那篇文章……”

“怎么，这是你吗？……”鲁先叫了起来。

“我自己！……安古莲和湖姆正在为你而竞争哩，我召集了许多年青的人，你的旧同学，组织了昨天的夜间音乐会；然后，使他们热心同情之后，我们就募集了这个宴席的捐款。我对我自己说：‘大卫虽然藏起来了，至少鲁先得被人家加上冠冕！’我尽了我的力量。”柏提—克罗接着说，“我见过查特利伯爵夫人，我让她明白她得亲身把大卫救出来，她也办得到，也应当办。如果大卫真的找到他所告诉我的那个秘密的话，政府也可以因为支援他而不至于自毁，而给发明家这种快乐的保护的州长就好像对这样大的发明有一半的份儿一般，他应当是如何的光荣啊！人家会让别人把他当作一位精明的官员来谈论……你的姐姐被我们的司法界的一齐开枪吓坏了！她怕这枪烟……法院里的争斗和战场上的打仗一样，都要大消耗的；但是大卫保持他的地位，他是他的秘密的主人：人家不能够拘捕他，人家也永远拘捕不了他！”

“谢谢你，亲爱的，我相信我可以把我的计划委托你，你可以帮我的忙来实现。”

柏提—克罗瞧了鲁先一眼，在他的鼻尖显得像一个疑问号的神气。

“我要救施且尔，”鲁先郑重的说，“我是他的不幸的原因，我得补救一切……我对路易丝有更大的影响……”

“谁，路易丝?”

“查特利伯爵夫人！……”

柏提—克罗做出一个动作。

“我对她的影响要比她自己所相信的还大。”鲁先接着说，“不过，亲爱的，虽然我可以影响你们的政府，但是我却没有衣服穿。”

柏提—克罗又做出另外一个动作，好像要给他钱包似的。

“谢谢。”鲁先握住柏提—克罗的手说。“十天之内，我要拜访州长夫人，也要给你一个回拜。”

于是，他们就互相握了同学们所握的手礼，分别了。

“他应当是一位诗人，”柏提—克罗对自己说，“因为他是一个疯子。”

“他说得很对，”鲁先想着，回到姐姐的房子里来，“只有学校里的朋友才是可以交的朋友。”

“我的鲁先，”爱薇说，“你答应了柏提—克罗什么来给他证明你的友谊呢？你得当心这个人！”

“当心他吗?”鲁先叫了起来。“听，爱薇，”他又接着说，好像服从一个深虑似的，“你不再相信我了，你不再信任我了，你也可以不信任柏提—克罗；但是在十天或是十五天之内，你一定会改变你的意见。”他用小小的自负的神气加上一句说。

鲁先又上楼到自己的房子里去，在那里写了下面一封给陆士铎的信：

朋友，在我们两个人之中，只有我一个人会记起我所借给你的一千佛郎的钞票。但是，不幸得很，我知道得太清楚你开这封信时是如何的情景，所以，我就不得不马上加上一句话说，我并不问你用金子或是银子来还我；不，我只问你给我赊账，正如人家只问佛罗林要快乐一样。我们有同一的裁缝店，所以你能够给我于最短时间之内制造一套衣服。不是穿亚当的衣服的话，我简直没有法子出场面。因为巴黎的名望而产生的外省的荣誉已经在等候我，这是我所觉得惊奇的。我是一个大宴会的主客，既不多，也不少，恰恰好是和一个左派的议员一样。现在你懂得一件黑礼服的必要吗？请你答应付款，请你负起这责任，请你用报纸上登广告的办法来应付这笔款。总之，请你找一个没有发表过的约翰爵士的把戏和迪蒙慈先生耍一次，因为无论什么代价都得把我装得和星期日一样。我只有一些破衣服：请从现在开始！我们现在是在八月，天气非常的清爽；所以，请你注意这星期末我所得收到的一套动人的晨装：一件深绿色的小礼服，三件背心（一件硫磺色的，一件苏格兰的奇异的式样，第三件完全白色的），还有三条可以吊女人膀子的裤子（一件英国白布的，一件南京紫花布的，第三件黑小呢的），最后还有夜会所穿的一件黑色的礼服和一件黑绸的背心。如果你又找到一两个佛罗林的话，我还要请她给我预备三条异样的领结。这不算什么，我相信你，相信你的手段：我不大忧虑裁缝。亲爱的朋友，我们已经施展过好几次了：聪明的巴黎人！他的穷苦时的急智就是他所能变出的最强烈的毒药，这个可以惊吓魔王撒旦的急智还没有找到赊取一顶帽子的办法！当我们使一顶一千佛郎的帽子时行的时候，帽子一定是可能得到的；但是一直到那个时刻为止，我们的口袋都得有相当的金子来买一顶帽子。啊！法兰西喜剧院如何的用拉佛勒尔所说的“你一定会把金子塞在我的口袋里！”这句话来给我们开玩笑啊！所以，我就深刻的感觉到这个要求的实行的困难：在裁缝所送的之外，给我加上一双长靴、一双薄底鞋、一顶帽子、六双手套！这是要求一桩办不到的事，我知道。但是文学的生活不是可以切断一切的不可能吗？……我只对你说一句话：请你写一篇大文章或是做一桩小丑事来实现这个奇迹，我还清你的债。这而且是一个信用的债务，亲爱的，这债务有一年为期的手折：你也许会因为它而脸红，如果你会脸红的话。亲爱的陆士铎，笑话不必说了，说句正经的话，我实在是落在许多严重的困难的环境中。只用下面一句话，你也就可以猜出我的景况了：乌贼骨发胖了，她变成了鹭鸶的妻子，而鹭鸶却变成了安古莲的州长。这一对可恶的夫妇能够帮我姐夫许多的忙，是我把我的姐夫丢在一个悲惨的环境中，他被人追究债务，他藏起来了，这都是因为我那次所开的支票！……问题是要重新出现在州长夫人的眼前，用一切的代价在她身上恢复一些权威。想一想，施且尔·大卫的幸运是依靠这一双好看的长靴，这一双时髦的丝袜（切不可忘记这一双袜），这一顶新帽子，这不是很可笑的吗？……我要称病，学杜维格的办法躺在床上，免得紧迫的回答我的同乡。亲爱的，我的同乡曾给我开过一个盛大的夜间音乐会。当我知道安古莫瓦的省城对我的同情是我的几位同学来引导的时候，我已经开始问我自己得有多少的傻气来说出这句话：我的同乡。

如果你能够在《巴黎消息》中登载几行关于我受欢迎的消息的话，你就可以使我在这里长大了好几个脚跟踵。并且我也可以使乌贼骨觉得我至少在巴黎的报界中还有一些威望，如果没有朋友的话。因为我并不放弃我的希望，所以我还要你这样。如果你需要一两篇深刻的文章来印一本什么集子的话，我有闲工夫给你想一篇。我不想多说，只给你一句话，

亲爱的：我相信你，正如你可以相信我一样，我还自称为

整个属于你的，

吕·鲁先

再者：请你把一切都由公共马车站的办公处给我送来。

鲁先用他的成功在他内心所放出的高傲的腔调来写成这封信。这封信使他记起了巴黎。六天以来他生活在外省的绝对的平静的空气之中，他的思想被引到他的穷苦上面，他有一些空泛的遗憾，他整个一星期的想着查特利伯爵夫人；最终，他觉得他的重新出现是非常的重要，结果当他趁着月亮西沉跑下湖姆到公共马车站办公处去寻找他所等待的那个从巴黎寄来的包裹的时候，他却有了一切的疑惑不定的忧愁，正如一位在服装里寻求最后的希望而得到这服装时又觉得失望的女人一样。

“啊！陆士铎！我宽恕你的卖友行为。”他猜想他所看见的包裹应当包含有他所要求的一切东西，不禁对自己这样说。

他在帽匣子里找到下面一封信：

亲爱的孩子：

裁缝的举动真是不坏。但是正如你的深刻的眼光所预见的一样，叫我们去寻求的领结、帽子和丝袜的确给我们的心带来了不少的烦扰，因为我们的钱包的确没有什么可以让人烦扰的。我们跟布郎德说过：开办一个可以让年青人买便宜货的铺子一定可以大赚钱。原来，我们终于因为不付钱而大破费。并且伟大的拿破仑，当他没有一双长靴而被阻于到印度去的路中时也曾经说过：天地之间并没有容易的事！所以，一切都办妥，就差了你的鞋……我看见你穿好衣服而没有帽子，穿好背心而没有鞋，我还想给你寄去一位美国人因为好

奇而送给佛罗林的一双美洲土人的土鞋。佛罗林曾凑过四十佛郎来为你赌一次博。拿坦、布郎德和我，我们非常高兴不再为我们自己的账而赌博，我们甚至于相当的富裕能够请吕博尔的旧收税吏鱼雷来吃一顿宵夜。这都是福拉斯卡迪赌场的赏赐。佛罗林自告奋勇的负责去征求，她又加上了三件美丽的衬衫。拿坦给你送一只手杖去。赢了三百佛郎的布郎德给你送一个金链子去。收税吏加上一个金表，好像四十佛郎的金币那样大，这是一个傻子孝敬他的，不过是动不了的表罢了。她对我们说：'这是水手们在船上所带的劣货，就是这个样子！'到冈卡尔岩饭馆来找我们的毕克西乌很想在这巴黎所给你送去的包裹里倒些葡萄牙的香水。我们这位最滑稽的人，他说："如果这能够使他幸福的话，就希望他幸福了！……"他用唱低音的人的声调和他所描绘得清清楚楚的中产阶级的持重的神气来说这句话。亲爱的孩子，这一切都可以证明人们如何的爱护不幸的朋友。佛罗林（我终于因为柔弱而宽恕她了）请求你给我们送一篇批评拿坦的最后一本书的文章来。再见，我的孩子！我只能够埋怨当你和我交朋友的时候你又跑回你所从出的那个瓮子里去，而不顾

你的朋友，

陆·埃田。

书于佛罗林客厅之内

"可怜的孩子们！他们为我而赌博！"他非常感动的对自己说。

在那些不洁净的国度里或是人们曾经大受苦痛的国度里往往有许多类似天国的香味的气氛。在冰冷的生活中，苦痛的回忆往往有一种不可名状的快乐。当鲁先穿着一身新衣服走下楼来的时候，爱薇不禁愣住了——她认不得她的弟弟。

“现在我可以到博刘街去蹓跶去了，”他叫了起来，“人家再也不会说我‘他一身褴褛的回来！’。瞧，这是一个表，我要还给你的，因为这的确是我的表；并且它很像我，它让人家弄坏了。”

“真是孩子气！……”爱薇说。“我不会问你要什么东西。”

“你以为，亲爱的女孩子，我要了这些东西来因为相当的幼稚想在我所疑惧的安古莲人眼前显耀吗！”他说着，用头上装有雕金苹果形的饰物的手杖在空中鞭舞着，“我要补救我所做的坏事，我已经预备好我的武器了。”

在漂亮方面，鲁先所有的成功是他所得到的唯一的胜利，但是这胜利却是很大的。羡慕使人家开口交谈，正如钦佩使人家缄口无言一样。女人们耽爱于他，男人们却咒骂他，他也能够像歌人一样的喊叫：噢，我的衣服，我谢谢你！他走到州公署去投了两张名刺，又去拜访柏提—克罗，但是他没有遇到。第二天宴会的日子，一切巴黎的新闻纸都在《安古莲消息》下登载了下面的几行话：

> 安古莲——开始即有光荣结果的年青诗人，排脱斯各脱的作风的法兰西独一无二的历史小说《查礼九世的弓手》（这小说的序言简直是文学界的一桩大事）的作者的回省是由阿谀本城和吕崩柏礼·鲁先的一个凯旋欢迎会表现出来的。全城都忙于给他预备一个表达乡谊的宴会。刚刚就职的新任州长也与群众联合来庆祝这《群芳集》的作者，这作者的天才在初期时代曾经受过查特利伯爵夫人的热烈的鼓励。

在法兰西，一旦兴奋起来，没有人能够再阻止这激奋。驻屯军的上校献了音乐。用最好看的瓷器装着香菰火鸡甚至于运到中国去的克落鸡的主膳，负责预备餐宴的著名的湖姆饭店主人就用毛布装饰他的大餐厅，又在这毛布上面堆放着杂有其他花束的桂花圈，给这餐厅产生出一种超越的印象。五点钟的时候，四十个人聚在一堂，大家都穿礼服。一百多个大部分被音乐队在院里的出现而被吸引到这里来的人众就代表了同乡。

“整个的安古莲都在这里！”柏提—克罗走到窗口说。

“我真不懂，”步斯特尔对来听音乐的妻子说。“怎么！州长、税务总局局长、上校、火药局局长、我们的议员、市长、校长、卢埃尔铸炮厂厂长、法院院长、检事、米罗先生，一切的官员都刚刚来到！……”

上桌的时候，军乐队就开始演奏根据不容易普通化的“国王万岁，法兰西万岁！”的乐调而改制的乐曲。那时候正是下午五点钟。八点钟的时候，六十五盘的饭后点心，其中有一个惹人注目的糖制阿林比山架在朱古力制的法兰西图像之上，代表了祝敬的记号。

“诸位先生，”州长站了起来说，“敬祝国王万岁！……敬祝法统万岁！不是布尔崩王朝所给我们带来的和平使我们产生了诗人和思想家吗？这些天才在法兰西手中支持着文学的宝笏！……”

“国王万岁！”客人喊叫着，在这些客人之中，内阁派的人占多数。

可敬的校长站了起来。

“敬祝年青的诗人，”他说，“敬祝这位能够把布瓦刘所认为非常难得的柏特拉尔克派的诗章和散文的天才凑合在一起的英雄！”

“好！好！”

上校站了起来。

“诸位先生，敬祝这位保王党！因为这个庆祝会的英雄曾用极大的勇气防卫过善良的主义！”

“好！”州长说，他放出了喝彩的音调。

“请您们允许我在您们的敬礼之中提议给我的第一个诗神和我的保护人，给美丽的伯爵夫人致敬。”鲁先说。

柏提—克罗站了起来。

“我以鲁先的一切同学的资格来敬祝安古莲中学的光荣，来敬祝我们有这些成功的亲爱的校长先生！……”

没有期待这祝辞的老校长拭着自己的眼睛。鲁先站了起来：全体寂寞无声，诗人脸色变白。这时候，坐在他左边的校长就拿着桂冠戴在他的头上。大家鼓掌。鲁先的眼睛和声音都满充着泪珠。

“他有点醉了。”未来的拿维尔检察官对柏提—克罗说。

“他并不是因为喝酒而醉。”法律代言人回答说。

“亲爱的同乡，亲爱的同学，”鲁先终于说，“我希望全法兰西来做这一幕景象的证人。人们就是这样的培育人才，在我们的国家之内，人们就是这样的养成了大著作和大行动。但是，看到我自己没有做过多少的事情，而人们却这样的把我当作伟人来接待，我不能够不觉得惭愧，我也只能够希望将来报答今天您们所给我的欢迎。回忆到这个情景，我可以在新的奋斗中得到许多的力量。请您们允许我在您们的敬礼之中提议给我的第一个诗神和我的保护人祝敬，同时也为我的出生的城市喝一杯敬酒：这就是说，给美丽的查特利·西克斯伯爵夫人和高贵的安古莲城致敬!”

“他说得真不坏。”检察官说着，摇摇头做一个赞同的记号，“因为我们的祝辞是预备好的，而他的祝辞却是临时编出来的。”

十点钟的时候，客人们一阵一阵的走了。听到这特别的音乐，施且尔·大卫就对巴新说：“湖姆到底有什么事呀?”

“人家给你的小舅舅鲁先开了一个庆祝会……”她回答他说。

“我相信，”他说，“他一定很抱歉没有看见我在场!”

半夜的时候，柏提—克罗送鲁先一直到桑林场。在那里，鲁先对法律代言人说：

“亲爱的，我们是同生共死的。”

“明天，”法律代言人说，“我要在徐郎赤夫人家里和她的干女儿海牙·佛兰苏丝小姐签订婚约；请你赏我一个脸也到那边来；徐郎赤夫人请我带你到她那儿去，你也可以在那里见到州长夫人，她一定会因为你的祝辞而高兴，人家一定会把你的话告诉她。”

“我有不少的意思。”鲁先说。

“噢！你一定可以救出大卫。”

“我确信我能够。”诗人回答说。

这时候，大卫显得高兴的样子。原因是这样的——他觉得自己是在相当困难的地位之中：他的妻子绝对禁止他接见鲁先，也不许他告诉鲁先他的避难所，然而鲁先却给他写了许多最动情的信，告诉他不久之内他就可以补救他的不幸。克礼志小姐给大卫交去了下面的两封告诉他那吹到他耳朵之中的宴会的音乐的动机的信：

朋友，请你和鲁先不在这里一样的干你的事；你不要忧虑任何的东西，而在脑筋里牢记住这句话：我们的安全整个是从你的仇敌们不知道你在那里这个情形中得来的。我的苦痛就是我觉得我对于高尔布、马利昂和巴新比我对于我的弟弟更有信任。不幸得很！我的可怜的鲁先已经不是我们所认识的诚实而温和的诗人了。这正是因为他要干涉你的事情，他假设能够还清你的债务（这只是为着表示他的骄傲而已，我的大卫！……），这是我所不相信的。他从巴黎收到美丽的衣服和五块放在钱包里的金币。他把这金币交给我，我们也就拿它来生活。我们终于减少了一个敌人，你的父亲离开我而去了，他的动身是柏提—克罗的功劳。柏提—克罗揭破爸爸的私意，当场就把这些私意给消灭了，告诉爸爸说没有他你是什么也做不了的，说是他柏提—克罗绝不允许你放弃你的发明而不叫他拿出三万佛郎的赔偿费——一万五千佛郎来清理债务，另外一万五千佛郎可以让你随便拿到的，不论成功或是不成功。柏提—克罗是我所不了解的。我是拿接吻不幸的丈夫的女人的资格来接吻你的。我们的小鲁先还好。这朵生长开放在我们家庭风波中的花，这是多么奇异的景象啊！我的母亲总是照常的祈祷上帝，差不多和你的妻子一样温柔的吻你。

你的爱薇

骇怕这位老施且尔的狡猾的柏提—克罗和高恩德兄弟，正如我们所看到的，已经想尽了方法把他撇开，他们所用的力量和葡萄的收成同样的把他召回马尔萨克去。

附在爱薇信中的鲁先的信是这样的内容：

亲爱的大卫，一切都很顺利。我从头到尾的武装起来了；我今天已经走上战役了，两天之内，我就可以走了不少的路。当你恢复自由、清理你的债务的时候，我要如何快乐的吻你啊！但是，无论在生活上、在心坎上，我都受到我的姐姐和我的母亲的不断的疑惑的伤刺。我不是已经知道你躲在巴新的家里吗？每一次巴新来的时候，她都带有你的消息和你的回信。并且，很明显的，我的姐姐也只能够信赖她的工场中的朋友。今天，我一定很接近你，然而我却懊丧不能够看见你出席人家所给我设备的宴会。安古莲的自尊的情绪给我破费了一个小小的凯旋会，这凯旋在几天之内就会完全被我忘记了，但是那时候，你的快乐一定会成为唯一的诚恳的快乐。总之，还有几天，你就可以宽恕那个认为做你的弟弟要比一切的光荣都高贵的

你的弟弟，

鲁先

这两个力量非常强烈的射住大卫的心，虽然是不平等的：因为他崇拜他的妻子，而他对鲁先的友谊也略为减低了。但是在孤单的生涯中，情绪的力量可整个的改变了。像大卫这样被许多事情侵蚀的孤独的人会在那些可以于平常的生活之中找到据点的思想之前让步。所以，读了鲁先这封报告在军乐队的声中得到意外的凯旋的信之后，他就深切的受到感动，觉到自己在这封信里已经看到了他所预料到的抱歉。温和的灵魂不能够抵抗这些情绪的作用，他们认为这些情绪在自己心中和在别人心中一样都是有力的。这不是从充满的杯中堕落下来的一滴水吗？……所以，半夜左右，无论巴新如何的恳求，都不能够阻止大卫去看鲁先。

“这个时候，”他对她说，“没有人在安古莲街上走路，人家看不见我，人家不能够在夜里拘捕我；就是让人家碰见我的话，我也能够用高尔布的办法再回到我的隐藏室来。并且我也太久没有吻我的妻子和我的儿子了。”

巴新在这些相当可赞许的推理之前让步了，她让大卫出去。大卫就在鲁先和柏提—克罗互相说“晚安”的时候大叫了一声“鲁先”！两位弟兄相投在怀抱里，哭泣着。

在生命中，像这一类的时刻很不多有。鲁先也还感觉到一种友谊的流露，这种友谊是他从来没有信托过的，而且是他自责曾经欺骗过的。大卫觉得有宽恕的必要。这位厚道而高贵的发明家特别是要谆告鲁先，要消除笼罩姐弟的感情的烟云。在这些带有情感性质的思考之前，一切因为没有钱而产生的危险都消灭了。

柏提—克罗对他的主顾说：

“到您家里去吧，至少可以利用您的疏忽来给您的妻子和您的儿子接吻……但望人家不会看见了您！——真不幸！”柏提—克罗一个人留在桑林场对自己说。“啊，如果我有赛里西在这里的话……”

当法律代言人在这块用木板围绕的圈地（现在建有伟大的法院）旁边对自己说这句话的时候，他听见他的后面有人在一块木板上敲打，就好像用手指叩门的声音一样。

“我在这儿。”赛里西说，他的声音从两块嵌接不平的板缝中透了出来。“我看见大卫从湖姆出来。我开始猜想他的躲藏的地方，现在我有十分的把握了，我知道到哪儿去捕获他；但是为着给他设一个陷阱起见，我必得知道一些鲁先的计划；现在您打发他们回到家里去了！至少，您得用某种借口留在那里。当大卫和鲁先出来的时候，请您把他们带到接近我的地方来；他们一定以为没有别人，我也就可以听见他们告别时所说的最后的话了。”

“你真是一个鬼魔王!”柏提—克罗轻声的说。

“我用一个小小的好好先生的名字来发誓，”赛里西叫了起来，“为着得到你所答应我的东西，还有什么事情做不得!”

柏提—克罗离开了这些木板，到桑林场去散步，一面看着全家团聚的那一间房子的窗户，一面在想着他的前途，好像要给自己鼓起勇气似的；因为赛里西的狡猾可以让他下这最后的拳击。柏提—克罗是那些非常狡猾而毫无信义的人之中的一个，这些人观察人心的变化和利益的战略之后，从来不会被眼前的饵物或是任何深情的诱惑所抓住的。所以，最初他并不信赖高恩德。如果他的婚姻没有结果，没有权利来责备高恩德的背信的话，他是预备好要让他苦痛的；但是自从他在巴尔吉顿公馆成功之后，柏提—克罗就诚意的耍他的把戏了。他那变成无用的背地的阴谋对于他的政治地位是危险的。这是他要建筑他的将来的重要性的基础：甘勒拉克和几个粗俗的商人开始在湖姆组织一个自由党委员会，这委员会是以商业的关系附属于反政府派的领袖。垂死的路易十八所接受的维勒尔内阁的登台是反政府派的行为的转变的一个标号，这一派自从拿破仑死了之后就放弃了阴谋举事的危险的方法。自由党在外省的边僻地方组织了合法的抵抗系统。他想要用选举变成主人，因而能够由于民众的信仰而达到目的。柏提—克罗是一位醉心于自由党的湖姆人的子孙，他是高城所压迫的低城的反政府党的倡导者、灵魂和秘密的顾问。他是第一个使人看出让高恩德兄弟独占查兰特全省的出版界的危险的，在这里，反政府党也应当有一个机关，因而不至于落在其他的城市之后。

“我们每个人都给甘勒拉克五百佛郎好啦，他就可以有二万多佛郎的本钱来收买施且尔印刷局，我们也可以因为借钱给他而变成这位业主的主人了。”

法律代言人采取这个主意，充实他对高恩德和施且尔两方面的骑墙的地位，同时他也自然而然的对赛里西的奇怪的举止加以青眼，希望要把他变成忠实的党徒。

“如果你能够发现你的旧工头而把他交给我手里的话，”他对旧时的施且尔的经理说，“人家就可以借你二万佛郎，让你收买他的印刷局，说不定你也可以当一家报纸的头人。就是这样，好好的干吧。”

柏提—克罗觉得对赛里西这一种人的活动要比对世界上一切的杜博郎所有的活动容易控制，于是，他就答应大高恩德拘捕施且尔。但是，自从柏提—克罗觉得有走进政界的希望之后，他就预先看到有背叛自由党的必要，并且因为他在湖姆这样的出风头，他也居然能够实现征求收买印刷局的必要的资本。柏提—克罗决定让事情自然的发展。

“嘿！”他对自己说，“赛里西一定会弄出一些触犯出版法的事情，我可以利用这个来显露我的才干……”

他走到印刷局的门前，对巡哨的高尔布说：

“请你上去告诉大卫利用这时间走了，您们得小心；我走了，现在一点钟了……”

高尔布离开门脚的时候，马利昂就来代替他的地位。鲁先和大卫下楼了，高尔布走到他们的前面一百步，马利昂跟在他们的后面一百步。当这两位弟兄沿着木板墙走的时候，鲁先热烈的和大卫说话。

“朋友”，他对他说，“我的计划非常的简单。但是怎么能够在一点儿也不懂得手段的爱薇面前说这个呢？我相信路易丝心里一定有我所能唤起的一个欲望，我只是要她来报复这位傻州长。如果我们还互相爱恋的话，只要一星期的时间我就可以叫她向部里去问二万佛郎给你。明天，我可以在那间开始我们的爱情的化妆室里再见到她。据柏提—克罗说，这化妆室一点儿也没有改变：我要在那里演一幕喜剧。所以后天早上，我可以叫巴新给你转交一封信去告诉你到底我是不是被人家喝倒彩……谁知道，说不定你就要恢复自由了呢！……你现在懂得为什么我要巴黎的衣服吗？人们不能够穿破衣服扮演剧中的情人。”

清早六点钟，赛里西来看柏提—克罗。

“明天中午，杜博郎可以预备他的戏法，他可以抓到那个人，我负责。”这位巴黎人对他说，“我要克礼志小姐的一个女工人，您懂得吗？……”

听了赛里西的计划之后，柏提—克罗就跑到高恩德家里去。

“您得想法子让胡多瓦先生今天晚上决定把他的财产所有权送给佛兰苏丝，你就可以在两天之内和施且尔签订一个会社的契约。我只要在您们订立契约之后一星期结婚；这样一来，我们真的是我们的小契约的条款所谓的‘一报还一报’了。但是，今天晚上，我们得好好的侦探在鲁先和查特利伯爵夫人之间发生什么事情，因为一切都在此一举……如果鲁先希望用州长夫人来成功的话，我却挟住了大卫。”

“我相信您将来可以当司法大臣。”高恩德说。

“为什么不会呢？白郎尼先生就是这么样的！”还没有完全脱去自由党的皮的柏提—克罗说。

海牙小姐的身份的可疑引起大多数安古莲贵族来出席她的订婚典礼。这位送不起大礼的未来丈夫的穷困激动了人家喜欢当场做证的兴趣；因为对恩惠的兴趣和对胜利的兴趣是一样的：人类喜欢可以满足自尊心的慈善。所以毕孟德侯爵夫人、查特利夫人、徐郎赤先生和两三位家里的熟人都给佛兰苏丝送了城里人大为谈论的礼物。这些好看的小物品，再加上淑翡玲一年来所预备的嫁妆，干爸爸所送的装饰品和未婚夫根据风俗所赠的小礼物，这一切的一切都安慰了佛兰苏丝的心，刺激了许多带女孩子来的母亲的好奇。柏提—克罗和高恩德已经注意到安古莲的贵族所以容忍他们在贵族的奥林比山上的原因就是因为觉得不得不然：其中的一个是佛兰苏丝的财富管理人和她的代理保护人；还有一个是签订婚约的不可缺少的人物，正如绞死者是举行绞刑时所不可缺少的一样；但是，在结婚的第二天，如果柏提—克罗夫人保留有到她的干妈家里去的权利的话，丈夫却觉得不容易到那里去，他就决定要控制这骄傲的社会。羞愧父母出身的寒微，法律代言人就把他的母亲留在孟斯勒，隐居在那里，他请求他的母亲装病，叫她用笔证来赞同他的婚事。因为没有父母出场，没有保护人，没有人在他方面签字而自觉得相当的寒酸，柏提—克罗认为非常荣幸能够找到一位名人来代表他的朋友。这位朋友是人家所愿意接纳的，而且是伯爵夫人所要重见的。所以，他就来把鲁先带在车上。在这个值得纪念的夜会里，诗人的装饰是没有人可以比较、是在一切的男人之上的。并且，徐郎赤夫人也准时宣告这位英雄的来临，两位发生龃龉的情人的会面在外省也特别是人家所感觉趣味的一幕戏。鲁先已经变成美少年了：人家说他这样的美丽，这样的改变了，这样的伟大，使一切贵族安古莲的女人再看见了他都有一个不坚决的意志。那时代的时髦正是从古代的跳舞短裤变成现在的粗俗长裤的过渡时代，所以鲁先就穿了一条黑色的合身长裤。男人们还要讲究装束，这是消瘦和生育不良的人所大感失望的，然而鲁先的装束却是爱神阿波罗式的。透光的灰色的丝袜，细小的鞋子，黑绸的背心，他的领结，一切都是很细心配上的，都是很合身的。他那金栗色的丰满的卷曲的头发使他的额头显得特别好看，额头的周围雅致的竖着珍异的发卷。他那满充骄傲的眼睛是晶亮的。他那女人一般的手在手套底下显得特别美丽，不可以脱下手套让人家看见。他摹仿巴黎著名的花花公子马尔赛的举止，一只手拿着手仗和他所离不开的帽子，另一只手做出稀少的手势，帮助解释他的语句。鲁先极想在这客厅里轻飘飘的蹓来蹓去，学那些用一种虚伪的谦逊在圣登尼斯门底下屈下头部的人的样子。但是只有一个朋友的柏提—克罗却妄用了他。他简直像带领仪仗一般的在夜会中引着鲁先到徐郎赤夫人家里去。当他走过的时候，诗人听见许多的呻声，这些呻声当日曾使他头昏，现在却找到他的冷静；他确信自己一个人就可以值得安古莲的整个的奥林比。

“太太，”他对徐郎赤夫人说，“我已经给我的朋友柏提—克罗贺喜过，我这位朋友可以当司法大臣，他很荣幸能够和您结成亲属，虽然干妈和干女儿的关系很薄弱（这些话是用讽刺的神气说出来的，这神气是那些装作不知道而叫唤的女人们所清楚感觉出来的）。但是为着我的计算起见，我求上帝祝福这个让我给您表示我的敬意的环境。”

这些话毫无忌惮的说了出来，而且是用大贵族到小人家家里去探望时所有的姿势说出来的。鲁先听着淑翡玲所给他的暧昧的回答，给全客厅投去一道巡视的眼光，预备他所要给人家的印象。

所以，他居然能够用雅致的态度、含有意义的微笑对给他行礼的胡多瓦·佛兰锡先生和州长答礼；然后，他就走到查特利夫人那边去，装作瞧见她的样子。这个会见简直是这夜会的一桩大事，结果这特别请那些由书记或是由佛兰苏丝领到卧室去的大人物来签订的婚约却反而被人家忘记了。鲁先向纳格礼柏里斯·路易丝走前几步，用巴黎式的温柔给她表示回来之后对她的回忆，他就相当高声的对她说：

“太太，我是不是得感谢您给我脸子让我后天到州公署去吃饭呢？”

“先生，您得感谢您的光荣，”路易丝干脆的辩答说，她有一点觉得受到鲁先预备好来伤刺他的旧日的保护人的话语的刺激。

“啊！伯爵夫人，”鲁先用一种敏锐的自负的神气说，“如果他失了您的宠爱的话，我就没有方法给您带这个人来。”

然后，没有等到回答，他就转过身来，看着主教先生，非常客气的对他行礼。

“阁下差不多是一个先知，”他用动人的声音说，“我要使您变成一个完全的先知。我很荣幸今天晚上能够到这里来，因为我能够给您表示我的敬意。”

鲁先诱导主教谈了十分钟话。一切的女人都把鲁先当作一回事来看他。他那想不到的无礼的态度让查特利夫人不发一语，也不回答。看到鲁先是一切女人的钦佩的对象，听到一群一群的女人在耳朵旁边互相交换句子、叙述故事，使鲁先好像把她踏成扁平而轻蔑她的样子，她不禁心中受到委屈的自尊心的刺痛。

“如果说了这句话之后，他不到州公署来，不是太笑话了吗？”她心里想着。“他这骄傲是从哪儿来的呢？笃慈小姐是不是爱上了他呢？……他真是太漂亮了！人家说在巴黎，坤伶死了的第二天她曾跑到他的家里去！……也许他是来救他的姐夫的，他是偶然间在孟斯勒跑到我们的马车后面的。那天早上，鲁先只是简简单单的憎视我们，西克斯特和我。”

这是无数的思念，不幸得很，路易丝只好在那里蹓来蹓去的看着鲁先，鲁先好像是客厅中的国王一样的和主教谈话：他不跟任何人行礼，等着人家来到他的面前，用不同的表情来巡视，他的态度正如他的模特儿马尔赛那样的闲散。他并没有离开司教来给距离不远的徐郎赤先生致敬。

十分钟过了的时候，路易丝忍不住了。她站了起来，一直走到主教面前对他说：

“主教先生，人家到底跟您说些什么话，让您常常的发笑?”

鲁先退了几步，小心的让查特利夫人和司教在一起。

“啊！伯爵夫人，这位年青人真是聪明！……他给我解释您如何的给他力量……”

“我并不是忘恩背义的人，我，太太！……”鲁先说着，射出一道斥责的眼光，使伯爵夫人昏惑了。

“我们和解和解吧。”她说着，用扇子招呼鲁先过来，“过来跟主教先生在一起，来这边！……主教先生可以当我们的审判官。”

然后，她就指着化妆室，引导主教到那里去。

“她叫主教先生演一幕滑稽剧。”商都尔阵营里一个女人相当大声的说，让人家听见她的话。

“我们的审判官！……”鲁先说着，轮流的瞧着司教和州长夫人：“难道还有一个罪人吗?”

纳格礼柏里斯坐在她的旧日的化妆室的安乐椅上。当她让鲁先坐在她身边，又让主教坐在另外一边之后，她就开始说话了。鲁先给他的旧朋友一个尊敬、惊异和幸福，不来听她的。他有巴丝黛将要歌唱《丹克礼迪》中的“噢，祖国！……”时所有的态度和姿势。他用他的姿态来歌唱著名的小曲 cavatine dell Rizzo。

最后，高萝丽的徒弟还找到方法在眼睛里流出一些泪珠。

“啊！路易丝，我太爱你了！”当他觉得他的眼泪已经被伯爵夫人看见的时候，他就朝着她的耳边说，一点儿也没有顾忌司教，也没有顾忌大家的谈话。

“拭拭您的眼睛吧，不然的话，您就要第二次在这里丢了我了。”她用一个打击主教的台词转过身来朝着他说。

“一次已经够了。”鲁先急切的接着说。“埃斯巴尔夫人的表妹所说的这一句话可以拭干一位马德莲的一切的眼泪。我的天哪！……我一时找到了我的回忆，我的梦幻，我的二十年的岁月，然而您却给我把它们……”

主教马上回到客厅里来，他懂得他的尊严一定会在这两位旧情人之间遭到灾祸。每一个人都跟着他让州长夫人和鲁先单独留在化妆室里。但是，一刻钟之后，不喜欢人家在化妆室门限上谈话嬉笑和散步的西克斯特就不仅是疑惑的神气走了进来，看见鲁先和路易丝非常的激奋。

“太太，”西克斯特在他妻子的耳边说，“您认识安古莲比我还清楚，您不是应当想到州长夫人和政府的地位吗？”

“亲爱的，”路易丝说着，用一种使对方战栗的高傲的神气来憎视负有全责的这句话的作者，“我和吕崩柏礼先生谈论一些对您非常重要的事情。问题是在于拯救一个即将作为卑劣手段的牺牲品的印刷家。您可以帮我们这个忙……至于这些小姐太太们要怎么想我，您可以看出我要如何在她们舌头上浸渍些毒汁。”

她靠在鲁先的臂上走了出来，带鲁先去在婚约上面签字，用贵妇的胆量显露在会场之中。

“我们一块儿签字吧。”她说着，给鲁先递过一管笔。

鲁先让她给他指示她刚签过字的地方，因而能够使他们的签字排比在一起。

“徐郎赤先生，您还认得吕崩柏礼先生吗?”伯爵夫人说着，强迫无礼的猎夫给鲁先致敬。

她又带鲁先到客厅里来，请他坐在她和淑翡玲之间的一张中央的安乐椅上。然后，好像坐在宝座上的女王一样，她就开始一个明显的讽刺的谈话（她的声音最初很低），她的旧朋友和几个逢迎她的女人也就参加了这会谈。鲁先不久就变成了会场中的英雄，他就在伯爵夫人的怂恿之下谈着巴黎的生活，信口开河的用一种不可相信的兴致讽刺著名人物的逸事，这谈话真是外省人所特别贪婪的茶食。人家钦佩他的精神就好像钦佩他的外貌一样。西克斯特伯爵夫人这么样忍耐的拿鲁先来做她的胜利，她用兴奋的女人的资格来这样巧妙的玩耍她的工具鲁先，她为他供给许多合式的辩答，她用这样逼人的眼光来为他请求人家的赞许，甚至于许多的女人都在路易丝和鲁先的回乡的凑巧里看出一种两误的深刻的爱情的牺牲。也许因为一个忧愤才促成查特利的不幸的结婚，所以就对查特利发生一种反动。

“好吧，”一点钟的时候路易丝轻声的对将要离座的鲁先说，“后天请您准时来呀。”

州长夫人留下鲁先，用滑稽的态度给他点一个特别友情的头，走去对西克斯特伯爵说了几句话；伯爵正在找帽子。

“如果查特利夫人刚才对我说的是真的，亲爱的鲁先，请您信赖我，”州长说着，跟着他的妻子来（她和在巴黎一样一个人走出去）。“从今天晚上起，您的姐夫大可以自己看作没有事情了。”

“这都是伯爵先生的恩典。”鲁先微笑的接着说。

“哎，我们完了！……”高恩德朝着离别的证人柏提—克罗的耳边说。

柏提—克罗被鲁先的成功惊吓了，他被鲁先的焕发的精神和温雅的作态愣住了；他就瞧了海牙·佛兰苏丝一眼，海牙小姐那满对鲁先表示敬佩的姿态好像要对她的未婚夫说："您得像您的朋友一样。"

一道快乐的光焰出现在柏提—克罗的脸上。

"后天就是州长的请客了，我们还有一天的工夫，我担保一切。"

"好吧，亲爱的，"鲁先清早两点钟步行回来的时候对柏提—克罗说，"我来过，我看过，我征服过！几个钟头之后，大卫就要变成很快乐的。"

"这就是我所要知道的一切。"柏提—克罗想。"——我只以为你是诗人，原来你还是罗仙，你是两重的诗人。"他回答着，给鲁先握手，这握手应当是最后一次的握手。

"亲爱的爱薇，"鲁先唤醒他的姐姐说，"一个好消息！一个月之内，大卫不会再欠债了！……"

"怎么不会再欠债呢？"

"哎，查特利夫人原来还在她的裙下隐存着我的旧日的路易丝；她比任何时候都爱我，她要叫她的丈夫给内政部呈现上一个报告书说到我们的发明！……所以，我们也只有一个月的苦痛了，这一个月的时间正好让我报复州长，使他变成最快乐的丈夫。"

听见她的弟弟说话，爱薇还以为是在梦中。

"重新看到两年前我在那里好像一个小孩子一样的战栗的小灰色客厅的时候，重新看到这些家具，这些图画，这些脸孔的时候，我的眼睛就落下一层眼翳！巴黎真是把您的意见改变了！"

"这是幸福吗？……"爱薇说，她终于了解她的弟弟了。

"算了吧，你去睡吧。明天见，我们吃完早饭再谈天。"鲁先说。

赛里西的计划非常的简单。虽然他这手段是属于那些外省的执达吏用来拘捕债务人的，而且他的成功也只是假定的，但是他毕竟成功了——因为他清楚知道鲁先和大卫的性格和他们的希望。他是那些女工的约翰爵士，而且利用他们的互相矛盾来管治她们。正有一个非常的使命的高恩德的经理就在这些女工之中赏识了一个克礼志·巴新的熨衣女工，和施且尔夫人一样美丽的少女。女工的名字叫做席额尔·亨利爱特，她的父母是离安古莲有两里路、住在圣特大路附近的两位还活着的小葡萄种植人。席额尔夫妇和一切的乡下人一样，并不是富有，他们不能够养活他们的唯一的女儿在他们的身边，他们叫她到人家家里去，就是说去当人家的女仆。在外省，一位女仆得知道洗熨襟袖。让巴黎承接的毕礼尔夫人很有名望，席额尔夫妇就把他们的女儿放在那里去学艺，付了饭费和房租。毕礼尔夫人是属于相信自己能够代替父母的外省的老女主人的一种。她和她的学徒生活在一起，她领她们到教堂去，细心的监视她们。席额尔是一位轻捷的美女，她有勇敢的眼睛，丰满的长头发，跟南国的白姑娘一样的白皙，有木兰花一般的色泽。所以，亨利爱特是赛里西所注目的第一个骄艳的女工；但是因为她是“老实的种植人”，她只能够让自己被妒忌所征服，被坏模样所影响，而受到赛里西觉得自己是高恩德的副经理时所说的“我要娶你！”这一句话的诱惑。知道席额尔夫妇有一个值得一万至一万两千佛郎的葡萄园和一个可以出租的房子，这位巴黎人就忙着想法子不让亨利爱特变成其他的人的妻子。当柏提—克罗对他说到要使他变成施且尔印刷局的业主，告诉他要跟他合股两万佛郎资本的时候，美丽的亨利爱特和小赛里西的爱情就止于此处了。这前途迷惑了经理先生，他就转了念头，亨利爱特小姐似乎是他的野心的障碍，他就不大理这可怜的女子了。发现大卫躲在克礼志小姐家里，这位巴黎人就对亨利爱特改变了意见，不过并没有改变他的行为罢了；因为他对自己建议要利用为着掩饰不名誉而不得不嫁给诱惑者的女子所有的疯狂来得到他的财运。

鲁先要重新征服路易丝的那一天上午，赛里西给亨利爱特报告巴新的秘密，对她说他们的财富和婚姻都依赖大卫的藏匿的地方的发现。听了这些话之后，亨利爱特并不疑难的猜出这位印刷家只能够躲在克礼志化妆室里；她并不相信来当侦探有什么错处，然而赛里西一开始这合作的举动就叫她来帮他做出卖老主人的行动。

当赛里西来打探夜会的结果，在柏提—克罗的事务所中听他叙述那些可以骚动安古莲的大事故的时候，鲁先还在睡觉。

“鲁先回来以后不是给你写过一封信吗?”当柏提—克罗叙述完毕的时候，这位巴黎人就摆了摆头，表示满意的意思，再这样的问。

“这是我所收到的他的唯一的信。”法律代言人递过一封鲁先在他姐姐所用的信纸上所写的一封信，一边对他说。

“好吧，”赛里西说，“太阳下山之前十分钟，叫杜博郎埋伏在巴勒门，把他的侦缉队藏在那里，排布他的人马，您就可以抓到这个人了。”

“你对你的事情有十分的把握吗?”柏提—克罗说着，一边端详着赛里西。

“我靠机会，”从前的巴黎的顽童说，“但是，这是一个可以骄傲的滑稽剧，它不喜欢老实的人。”

“成功是必要的。”法律代言人用干脆的腔调说。

“我可以成功。”赛里西说。“是您把我推在这泥土中，您能够给我几张银行的钞票，让我来拭拭……——但是，先生，”巴黎人说着，惊异地觉出在法律代言人脸上有一个使他不愉快的表情，“如果您骗了我，如果在一星期之内您不给我收买印刷局的话，……好，您就得留下一位年青的寡妇。”巴黎的顽童低声的说，在他的眼睛里射出一道死神一般的眼色。

“如果我们六点钟把大卫下在监牢里头的话，请你九点钟到甘勒拉克那里去，我们可以在那里办你的事情。”法律代言人坚决的回答。

“说好了替你办去，老板！”赛里西说。

赛里西已经懂得使现今的收税吏大受损失的去墨的工业。他洗掉了鲁先所写的四行字，换进去下面的句子，用一种可以破坏印刷局经理的前途的惟妙惟肖的手术摹仿他：

> 亲爱的大卫，你可以毫无忧惧的到州长家里来，你的事情已经办好了；并且这个时候，你可以出来，我就到你的面前来给你解释你在州长面前应当如何的举动。
>
> 你的弟弟，
>
> 鲁先

中午的时候，鲁先给大卫写一封信，告诉他在夜会中的成功，给他保证州长的卫护。据他说，州长当日就要给部里送上呈文，报告他所感奋的发明。当马利昂借口说给鲁先带衬衫来洗而带这封信来的时候，得到柏提—克罗的指示说有这一封信的可能的赛里西就带了席额尔小姐到查兰特河畔去散步。无疑的在他们之间一定有一个长时期的争斗，来防卫亨利爱特的诚实，因为这一散步经历了两个钟头。不但一个孩子的利益被愚弄，而且还有前途，还有财富的问题，然而赛里西所要求的却是一桩小事，并且他还非常小心的不肯说到结果。不过这桩小事的过分的代价却吓倒了亨利爱特。但是赛里西终于能够得到他的情妇的答应来帮助他的谋略。五点钟的时候，亨利爱特就出去了，她又回来对克礼志小姐说施且尔夫人叫克礼志小姐马上就去。巴新出去之后一刻钟，亨利爱特就上了楼，叩了化妆室的门，给大卫送去这封假冒鲁先的信。然后，赛里西就等着运气。

不止一年了，这是爱薇第一次觉得心中的放松，没有铁链的缚束。她终于有了希望了。就连她自己，她也愿意因为他的弟弟而享福，愿意拉着这位受到同乡的庆祝、女人的崇拜、骄傲的查特利伯爵夫人的爱慕的男人的手臂出出风头。她装得特别的漂亮，想要在晚饭之后拉着她弟弟的手臂到博刘街去散步。这个时候，全安古莲的人都因为九月末的天气出来纳凉。

“噢！这是美丽的施且尔夫人。”几个人看见爱薇就这样的说。

“我从来没有看见她这样过。”一位女人说。

“丈夫藏了起来，太太在外面出风头。”步斯特尔夫人相当大声的说，有意的让这位可怜的女人听见。

“噢！我们回去吧，我错了。”爱薇对她的弟弟说。

太阳西沉之前几分钟，一个引起人家围集的喧噪在走下湖姆的山坡上发生了出来。好奇的鲁先和他的姐姐就走到这一边来，因为他们听见几个从湖姆来的人谈论说话，好像发生有什么罪案似的。

“也许人家刚捕到一个贼，……他好像死人一样的脸上发白。”一个过路的人看见姐弟两人跑到这越聚越多的人群的前面来，就对他们说。

鲁先和他的姐姐都莫名其妙。他们瞧着三十几个散工回来的小孩子、老妇人和工人走在侦缉队的前面，侦缉队的绣边的帽子在主要的一群人众中发亮着。这一群再加上跟着后面的差不多一百个的人众就好像是大风涛的乌云一样的行走着。

“啊！”爱薇说，“是我的丈夫！”

“大卫。”鲁先叫着。

“这是他的妻子！”人众躲开一条路，这样的说。

“到底是谁叫你出来呢？”鲁先问。

“是你的信。”脸发灰白的大卫回答说。

“我早就想到了。”爱薇说着，立刻人事不知了。

鲁先扶起他的姐姐，两个旁人帮着他把她抬到她的家里，马利昂让她睡在床上。高尔布奋勇出去找一个医生。大夫来的时候，爱薇还没有恢复知觉。鲁先不得不告诉他的母亲说他是大卫被捕的原因，因为他没有法子辩解这封假信所产生的错误。他的母亲用一道眼色来诅骂他，受到这个惊吓，他就上了楼，到自己的房子里，把自己关在这里。

读了这封半夜里断断续续写成的信之后，每一个人都可以从这下句接上句的文字里猜想到鲁先所有的一切的烦闷。

我所敬爱的姐姐，我们刚才的见面是最后一次的见面了。我的决心是不能挽回的。理由是这样的：在许多家庭中总有一个孽障，他是这家庭的一个病症。这真理并不是我观察出来的，而是一个看到许多世故的人看出来的。有一天晚上，我们几位朋友在冈卡尔岩饭馆吃宵夜。在大家交换言笑之中，那位外交家就告诉我们说：人家惊愕的还把她看作是一个小姐的女人是父亲的一位病人。然后，他就给我们发挥他那家庭的病症的理论。他给我们解释：如果没有某一个母亲的话，那一个家庭就要发达，那一个儿子是怎么样的毁坏了他的父亲，那一个父亲是如何的破坏了他的儿女的前途和地位。虽然是带笑的说了出来，这个社会的理论却在十分钟内有了不知道多少的例子来支持，一直到现在为止，我的印象还是很深的。这真理可以证明一切无稽而能聪明说出的谬论，当新闻记者找不到人来欺负的时候，他们就用这些谬论来互相打趣。好吧，我就是我们家里的孽障。我的心满充着柔情，然而我的行动却和一个敌人一样。我用一切的苦恼来回报你们的忠诚。虽然不是有意带来的，然而这最后的一个打击的确是最残忍的。当我在巴黎度着我那失去尊严的、享乐而穷苦的生活，把酒肉的同伴当作朋友，丢掉真正的朋友，附和要拿我来开发的人，忘记了你们，记起你们时却只给你们添些苦恼的时候，你们却沿着一条谦卑的工作的正路走，劳苦而把握的走上我这么疯狂来惊动人的幸运。当你们可以变成更好过的时候，我却在我的生命中放下一个伤痛的成分。是的，我有无限的野心，不容我接受一个谦卑的生活。我有许多的嗜好，许多的欢乐，这些嗜好和欢乐的回忆可以毒害我当日曾经满足过我的所有的快乐。噢，亲爱的爱薇，我比任何人都更苛刻的判断我自己，因为我绝对不加怜悯的责备我自己。巴黎的挣扎需要永恒的力量，然而我的志愿却只是过分的发展：我的脑袋患有间歇病。将来太使我骇怕了，我甚至于不希望有将来，然而现在却是我所不能容忍的。我很想再见你们，但是我觉得最好还是永远的离开故乡。但是离开故乡而没有生活的工具，这是一个疯狂，我也不把它加在一切其他的人身上。我觉得死是比不完全的活还要好；无论我在什么地位中，我的过分的虚荣都使我做些傻事。一部分人是等于零的，但是在他们之前必得还有一个数目，他们的零数也就得到十倍的价值了。我只能够在一个强力而铁面无私的意志之中得到我的价值。巴尔吉顿夫人前时的确是我的女人，我的确因为没有为她放弃高萝丽而失掉了我的生命。大卫和你，你们可以当我的超等的引导者；但是你们缺乏相当的力量来克制我的弱点，结果我的弱点反而走到统治的地位了。我喜欢一个舒适而没有烦扰的生活；并且为着解除逆意起见，我被懈怠把我引到太远的地方去。我是天生的王子，我所有的敏捷超过我所应当有的，不过我也只是暂时有这种敏捷的精神罢了，事实上许多野心家在他们的事业的成功里所开发的只合于他们的需要，而在一天的最后的时刻总还觉得足够。正如我刚才所做的一样，我会用世界上最好的善意来做一些坏结果的事。这世界有许多榛树一般的人物，也许我只是一棵漂亮的灌木，然而我却冒充是一棵柏树。这就是我的一张账。我的手段和我的用意不符合，这种不平衡的局面总要消灭我的力量。像我这种性格的人在读书人阶级中颇不少数，因为在他们的智慧和他们的性格中、在他们的意志和他们的欲望中有不断的不平衡。我的命运是什么呢？我可以在回想我所忘记的旧日的巴黎光荣中预先看到它。在老年的时候，我一定要比我的年龄更为衰老，没有财富，也没有地位。我的整个的存在厌恶这种老年：我不愿意当社会的破衣。亲爱的姐姐，你的最后的严厉和你的最初的温和都是值得崇拜的，如果我这次回来看你所使我们付的代价太重了的话，你和大卫，你们将来也许会想到没有任何的东西会比一位爱你们的可怜的孩子的最后的庆祝更为值钱！……你们千万不必来寻求我，也不必来研究我的命运；至少，我的精神要帮助我实施我的意志。我的天使，忍痛是日常的自杀；我，我只有一天的忍痛，我今天要利用它……

（清早两点钟）

是的，我已经决定了。亲爱的爱薇，我们永远离别了。当我想到此后只能生活在你们心中的时候，我不禁感到温慰。你们的心，这就是我的坟墓的所在，……我并不要其他的。再说一声再见吧！……这是你的弟弟的最后一声再见了。

鲁先

写了这封信之后，鲁先一点儿声音也没有的下了楼，他把信放在他的外甥的摇篮里，在他那昏睡的姐姐的额头上带泪地接了一个最后的吻，然后就出去了。他灭了他的烛光，在最后一次看了这老房子之后，他就轻声的开了走廊的门；但是无论如何的小心，他却惊醒了在工场里睡在地下褥上的高尔布。

“谁在那里走路？……”高尔布叫了起来。

“是我。”鲁先说，“我走了，高尔布。”

“你最好永远不要再回来！”高尔布对自己说，但是他的声音相当的高，刚刚好让鲁先听见了。

“我一定永远不再回到这世界里来！”鲁先回答说，“再见，高尔布，我不愿意你有我所有的思想。请你告诉大卫我的最后的太息就是遗憾不能够给他接吻。”

当这位阿尔萨斯人起来穿好衣服的时候，鲁先已经开好了房门，由博刘的散步场走下查兰特河畔，但是他和赴宴一样的走着，因为他用巴黎的衣服和花花公子的美丽的戎装来做寿衣。受了鲁先最后的语调的打击，高尔布要去看看到底他的女主人知道不知道她的弟弟的动身，到底她接到他的告别没有；但是觉得全房子沉没在一个深刻的寂寞中，他就想这动身一定经过同意，他又去睡觉了。

拿题材的重心来说，人们对于自杀未免写得太少了，人们没有观察过它。也许这个病症是无法观察的。如果您愿意那样说的话，自杀就是我们所谓的“自我的估计”这个情绪所生的结果，不过我们不要把“自我的估计”和“荣誉”相混罢了。当人家自轻的那一天，当人家看到自己被人轻蔑的那一天，当实际的生活和希望不相符合的时候，人家就自杀而给社会表示他的敬意——因为他不能够在社会前老是被人夺去他的德性和他的光荣。虽然在无神论者之中，人家这样说（自杀的基督徒在外），事实上只有懈怠的人受得了被侮辱的生活。自杀有三种不同的性质：第一，有的自杀只是长期的疾病的一个最后的阶级，这当然是属于病理学的；第二，是因失望而起的自杀；第三，是推理的结果的自杀。鲁先愿意因为失望和推理的结果而自杀，这是人家可以复生的自杀，因为只有病理学的自杀是无可挽救的。但是这三种原因往往联在一起，正如卢梭一样。

鲁先一旦下了决心之后，他就堕在方法的讨论之中了，这位诗人要用含有诗意的方法来自杀。他最初只想好好的到查兰特河去投水；但是最后一次从博刘堡垒走下的时候，他就预先幻想到他的自杀对于地方的轰动，幻想到从水中浮出的他那可怕的改形的尸体，这变为法院检验对象的尸体：正如一部分的自杀者一样，他有一个死后的自尊心。当他在古尔多瓦磨坊度过一天的日子的时候，他曾在河边散步过，曾在磨坊不远的地方注意过一个饱满的水脉。好像小溪流中所有的一样，它的深度是由水面的平静表现出来的。水不是绿色的，不是蓝色的，不是澄清的，不是黄色的；它就好像一面平滑的钢制的镜子一样。这一畦水的旁边既没有水仙菖，也没有蓝色花，也没有宽阔的荷叶；岸上的草是短小的，柳树四周流溢，相当幽雅的布在各处。人们很容易想到充满清水的深渊。那些有勇气在口袋里满塞石子的人应当在这里找到一个不可避免的死，永远不会再被人寻找出来。

“这才是，”羡慕这可爱的野景的诗人对自己说，“这才是把水放在嘴里，让您溺死的一块好地方哩。”

这回忆又使他记起他刚到达湖姆时的情景。所以，他就朝着马尔萨克走，一脑子的想着最后的悲惨的念头，坚决的想要遮掩他的自杀的秘密，不要变成法院的验尸对象，不要让人家埋葬，不要让人家看见他的浮在水面的溺死的人的尸体那样难看的样子。一会儿他就走到法兰西大路，特别是安古莲和波瓦特尔之间的道路上常常遇到的一个山腹的脚下。从保尔都到巴黎去的公共马车快速的到来，旅客们无疑的是下车步行爬上这山腹的。不愿意让人家看见的鲁先就转到一条小小的凹路里，到一个葡萄园里去采集花朵。当他回来再走大路的时候，他的手里拿了一大束的瓦松花（葡萄地石堆里所生的一种花），正好跟在一位旅客的后面转出了路口；这旅客全身穿着黑色的衣服，头发扬尘，穿着一双上面有银钮的奥黎昂小羊皮的鞋子，脸色发棕，留有许多的疤痕，好像在童年的时候曾经堕在火中让火烧过似的。这位有明显的教士的品貌的旅客慢步的走着路，嘴里吸着一枝雪茄烟。听见鲁先从葡萄园跳上大路的声音，这位陌生人就转过身来，好像被诗人的深愁的美丽、他那象征的花朵和他那漂亮的服装所感触似的。这位旅客好像是一个久在追寻而没有获到猎味的猎夫。他用航海家的风度让鲁先走来，慢慢的延迟他的步伐，装作观看山坡底脚的神气。跟他一样动作的鲁先看见那里有一辆两轮轻马车，由两匹马拉着，和一位步行的驭者。

“您让公共马车跑去，先生，您要丢了您的坐位了，如果您不愿意坐我的车去追的话，因为邮车比公共马车快。”这位旅客对鲁先说，他用非常明显的西班牙口音说这些话，而且非常谦恭有礼。

没有等到鲁先的回答，这位西班牙人就从口袋里拿出一个雪茄匣子，开着递给鲁先，请他拿一支烟吸。

“我不是一位旅客，”鲁先回答说，“并且我的末日也快要到来了，我哪里还有兴趣吸烟……”

“您对您自己太苛刻了。”西班牙人立刻回答说，“我虽然是多礼德大教堂的僧会会员，我还不时不时的吸一支小雪茄。上帝赐给我们烟草来麻醉我们的感情和苦痛……您好像有什么忧愁，至少您手上有忧愁的标志，好像悲哀的婚神一样。拿去吧，您的一切忧愁都会和这一缕青烟一同消散……”

教士又用一种诱导的态度递过烟匣子，给鲁先投去满充仁慈的眼色。

西班牙人伸出手来挽住鲁先的手臂。

“对不起，神父，”鲁先干脆的答辩，“世界上并没有任何可以消除我的忧愁的雪茄……”

说这句话的时候，鲁先的眼眶里不禁涌出泪珠。

“噢！年青的人，上帝让我想在一切清早的旅客都要爬山打消睡魔的当中来运动运动身体，他难道不是有意的使我能够在安慰您之中来服从他叫我到这人间来负的使命吗？……您这样年纪的人，您到底能够有什么大忧愁呢？”

“神父，您的安慰是没有用处的：您是西班牙人，我是法兰西人；您相信教会的命令；我呢，我是无神论者……”

“慈悲的圣母！您是无神论者！”教士叫了起来，赶紧和母亲一样的伸出手来挽住鲁先的手臂。“呃！这正是我要在巴黎观察的一桩奇事。在西班牙，我们并不相信无神论……只有在法兰西，十九岁的孩子才能够有这一类的意见。”

“噢！我是一个十足的无神论者；我不相信上帝，也不相信社会，也不相信有什么幸福。请您好好的瞧我吧，神父，因为在几个钟头之后，我就不再存在了……那是我的最后的太阳！……”鲁先郑重其事的指着天上说。

“啊，这个！您做了什么事要寻死呢？谁判决您的死呢？”

“一个最高的法院，我自己！”

“孩子！”教士叫了起来，“您杀了人吗？断头台等着您吗？让我们用理性想一想。照您所说的，如果您要回到太虚里去的话，这世界上的一切都不能感动您吗？”

鲁先低下头来，表示赞同的意思。

“好吧，那么您能够告诉我您的苦痛吗？……一定是弄糟了的什么爱情吧？……”

鲁先耸了耸一个非常含有意义的肩膀。

“您要避免侮辱，或是对生命觉得失望而自杀吗？那么，您在波瓦特尔和在安古莲都一样可以自杀，在杜尔和波瓦特尔也一样可以自杀。罗瓦尔河的流沙不会吐还它们所吞没的掠获物……”

“不，神父，”鲁先回答说，“我有我的事情。二十天以前，我看见过一个最美丽的海湾，这海湾可以把一个厌恶尘世的人带到另外的世界去……”

“另外的世界？那么，您就不是无神论者了。”

“噢！我所谓的另外的世界，是说我将来要变成禽兽或草木……”

“您有一个不可医治的病症吗？”

“是的，神父……”

“啊！我们是找到这问题了，”教士说，“到底是什么病症呢？”

“穷。”

教士微笑的看着鲁先，用一个无限的温情和几乎是讽刺的笑声来对他说：

“金刚钻不知道自己的价值。”

“世界上只有一位教士能够阿谀一位寻死的穷人！……”鲁先叫了起来。

“您千万不要死！”西班牙人威严的说。

“我听见人家说，”鲁先回答说，“人们在路上抢劫行人，我就不知道人们会在路上让人发财。”

“您就会知道这个。”教士观察车的距离是不是可以让他们单独再走几步之后，就这样的说。“请您听我说，”教士嚼着他的雪茄说，“您不能够因为穷而自杀。我需要一位秘书，我的秘书刚在巴尔西仑死去。我的情形和戈尔慈男爵一样，这位查礼十二的著名的大臣到瑞典去的时候，忽然丢了秘书而走到一个小城里来，正如我现在到巴黎去一样。男爵碰到一位金银细工的儿子，他是一位美少年，不过当然不能和您的美丽相比较罢了……戈尔慈男爵发现这个年青人很聪明，正如我在您的额头上发现您的诗才一样；他把他带上他的车，正如我要把您带上我的车一样；他使这位受罚在安古莲一般的小城里摩擦食器制造饰物的孩子当了他的嬖人，正如您要变成我的嬖人一样。到了斯德哥尔摩的时候，他就安置了他的秘书，给他许多的工作。这位年青的秘书整夜的书写。正如一切勤紧的人一样，他染上了一个习惯，就是嚼纸。已故的马尔齐尔布先生做了许多凌辱人家的事，他附带的给一位我也不知道是谁的人物一个凌辱，这个人的案件就是他播弄出来的。我们的美少年最初是开始嚼白纸的，但是他习惯了，渐渐的嚼起写过字的纸来了，因为他觉得这更有味。那时候人家还没有像现在这样的吸烟。这位小秘书终于就越来越有味的嚼起羊皮纸来，甚至于吃了它。那时候，俄罗斯和瑞典正在签订一个和平条约，这是国会强迫查礼十二签订的，正如一八一四年人家要强迫拿破仑签订和平条约一样。交涉的基础是两个强国关于芬兰问题的条约。戈尔慈把条约的原文交托给他的秘书；但是当他要把这计划呈给国会的时候，他碰到了一个小困难，就是这条约不知道跑到哪里去了。国会以为这位大臣为着迎合国王的意向有意的把这条约弄失踪了，戈尔慈男爵就被人控告了，然后他的秘书就承认是他吃了这条约……讯问了案情之后，这事实算是证明了，秘书也就被判死刑了。但是，因为您还没有到这个地步，请您拿一支雪茄吸吸，等等我们的马车吧。”

鲁先拿了一支雪茄，学西班牙人的办法朝着教士的雪茄燃点了它，而对自己说：

“他有道理，我随时都来得及自杀。”

“常常当年青人对将来最感失望的时候，”这位西班牙人接着说，“他们的幸运就开始了。我所要对您说的是：我要用一个例子给您证明。这位被判死刑的秘书是在一个非常失望的地位中，甚至于国王都没有法子宽赦他，因为他的刑罚是国会给他判定的；但是他却闭着眼睛想到脱逃。这位小小的秘书就坐了一只小船，口袋里放着一些钱，跑到古尔兰德的宫城来，带了一封戈尔慈写给公爵的介绍信，这位瑞典的大臣给公爵解释这位受他保护的人的冒险和他的奇癖。公爵就把这位美少年安置在他的一位总管家里当秘书。公爵是一位挥霍无度的人，他有一位漂亮的女人和一位总管，这是他的毁灭的三个原因。如果您以为这位因为吃了关于芬兰问题的条约而被判死刑的美少年会改善他的腐败的嗜好的话，您就算是不认识人类的恶习的范围了；死的苦痛不能够阻止他去享受他所创造的乐趣；这种恶习的力量是从哪里来的呢？这是一种独立的力量呢，还是从人类的弱点来的力量呢？世界上有没有近于疯狂的嗜好呢？我不能够不窃笑那些希望用艳丽的词藻来和这种病症斗争的道德家！……有一次公爵的总管拒绝公爵所问的钱，被恐吓的公爵就要总管给他账目看，这真是一个傻事，开账是最容易不过，困难并不在这个地方。总管就把一切的文据都交托他的秘书，叫他编制古尔兰德的贵室经费的账目。在他工作的当中，制毕这张账目的那天夜里，我们的吃纸虫忽然觉得自己嚼了一张相当大数目的公爵的收据：他骇怕极了，马上停止了，留下一半的签字，就跑到公爵夫人面前跪在地上对她解释他的奇癖，请求她的保护，而且是在夜里这样请求的。这位年青书记的美貌对于这位女人有这样的印象，结果当她变成寡妇的时候她就嫁给他了。于是，在这严厉的十八世纪，在贵族勋章统治一切的国度里，这位金银细工的儿子却变成了王公……不但这样！……加泰琳一世死了的时候他甚至于当了摄政王，管治过安娜女皇，要做俄罗斯的李慈刘。好，年青的人，您得知道一桩事：就是说，如果您比毕郎还要漂亮的话，我，虽然我是一个简单的僧会会员，我也比戈尔慈男爵强得多。所以，请您上车吧！我们可以在巴黎找到一个古尔兰德公爵封地，就是没有这个公爵封地的话，我们也总可以找到这位公爵夫人。”

西班牙人拉着鲁先的手臂，一句话一句话的逼他上了车，驭夫也就关了车门。

“现在请您说吧，我听您的。”多礼德僧会会员对呆傻的鲁先说。“我是一位老教士，您可以对我说一切的话，不至于有什么危险。您一定只是靠着祖产和您妈妈的钱吃饭的。我们可以做下小小的破产，然而我们却一直到小小的美靴的底端为止都是光荣的……说吧，大胆的告诉我，就好像您对您自己说话一样。”

鲁先的地位就好像我也不知道哪一个阿拉伯故事中所说的渔夫一样，这位渔夫想要投到大洋里寻死去，结果却堕在一个海底的国度里，当了国王。这位西班牙的教士似乎是真真多情的，所以鲁先也就毫不犹豫的把心坎都打开，给他说话；从安古莲到吕非克，他就告诉他他的整个生活，一点儿也没有删去他的错误，而以最后刚刚做出的惨剧来结束。当他说完这段故事的时候（这是他和诵背诗章一样的在这两星期以来第三次重说的），他们就走到了吕非克附近的大路上拉斯迪额家的地产的范围里，当他第一次说出拉斯迪额的名字的时候，这个名字就使这位西班牙人身上做出一个动作。

“年青的小拉斯迪额，”他说，“就是从这里出去的，无疑的他不如我，但是他却比我有福气。”

“啊！”

“是的，这个可恶的乡绅的住宅就是他的父亲的公馆。正如我所说的，他变成了著名的银行家儒僧庄的夫人的爱人了。我，我却让自己献身于诗文；他比较能干，他在实际的生活上打算。”

教士命令驭夫停止了马车，他被好奇心督促，想从大路旁边一条通到公馆的小路上散步，用鲁先所没有想从西班牙教士处看到的那样的兴味来观察一切。

“您认识诸位拉斯迪额吗？……”鲁先问他。

“我认识整个的巴黎。”西班牙人说着，又重新上了车，“所以，只因为差了一万或是一万两千佛郎，您就要自杀。您是一位孩子，您不认识人，也不认识事。一个命运值得人家的估计，然而您却只把您的将来估计为一万两千佛郎；好吧，我马上可以用更多的钱来买您。至于您的姐夫的下狱，这是一件小事。如果这位亲爱的施且尔先生真的有一个新发明的话，他会发财。有钱的人从来不会因为欠债而坐狱。我觉得您不大熟识历史。历史有两种：所谓官史，就是人家教导太子用的欺人的历史；还有的就是秘密的历史，这里才有事故的真正的原因，这是一个污秽的历史。让我用三句话告诉您一个您所不知道的小历史。一位年青而有野心的教士想要到政治场中去活动，他自愿当一个王后的宠臣的睡狗；这宠臣对于教士很发生兴趣，就给他当了大臣，请他入阁。一天晚上，那些自以为给人效劳的人之中的一个（千万不要在人家没有请求您的时候自告奋勇的给人家效劳！），就给这位年青的野心家写信，说他的恩人的生命受到威吓。国王非常生气有人当了他的主子，如果明天这位宠臣到宫里去的话，他一定要被杀。好吧，年青的人，如果您收到这封信时，您要怎么办呢？……”

“我当场就要跑去告诉我的恩人。”鲁先激烈的叫。

“您真还是您的生活史所表现的孩子。”教士说，“我们这个人是这样的说的：‘如果国王要犯罪的话，我的恩人已经活不了啦，我可以装作太晚收到这封信！’于是，他就一直睡到国王杀死这位宠臣的时刻为止……”

“他是一个怪物！”鲁先说，他想教士是要试探他。

“一切的大人物都是怪物。这位怪物名叫李慈刘主教，”僧会会员回答说，“他的恩人的名字就是安刻元帅。您并不认识您的法兰西的历史。学校里所教的历史只是一些日期和事实的采集，先说，这些日期和事实就是可疑的，而且没有什么价值，这句话难道没有道理吗？知道约翰达尔克存生过，这有什么用处呢？您曾经想过如果当时法兰西接受了英国巴兰达志尼王朝的统治，这两个民族合在一起现在可以统治全世界，而想要扰乱大陆政治的这两个岛国也要变成法兰西的两省吗？……您研究过最初只是简单的商人的梅迪西斯家用什么法子做到多斯甘的大公爵吗？”

“在法兰西，一位诗人并不容得来当一位本笃会的修士。”鲁先说。

“好，年青的人，他们变成大公爵就好像李慈刘变成大臣一样。如果您在历史中找过事变的人事方面的原因，而不是背诵一些仪式的话，您就可以找到一些您的行为的训诫了。从我刚才给您偶然说到的真正的事实中您可以得到一条法则：您只好把人，特别是女人，看作工具，但是不要让他们知道。您应当和敬奉上帝一样的崇拜那个对您有用的上司，当他没有重赏您的效劳之前绝不要离开他。在世界商场中，您应当学犹太人那样的酸涩、那样的卑贱；您应当用得金钱的方法来得势力。但是同样的，不要对失败的人加以疑虑，只把他当作没有活过。您知道为什么您得这样行为吗？……您要统治世界，不是吗？您开始得服从世界，好好的研究它。学者研究书本，政治家却研究人，人的利益，他的行动的原动力。可是，世界、社会和合在一起的人都是定命论者：他们崇拜事实。您知道为什么我给您讲这一个小小的历史的功课吗？这因为我看见您有一个无穷的野心……”

“是的，神父！”

“我看得很清楚。”僧会会员接着说，“但是在这一刻，您一定对您自己说：‘这位西班牙的僧会会员捏造了这许多逸事，取了历史给我证明我太有道德。……’”

鲁先看见人家这样清楚的猜透他的思想，不禁微微的笑了。

“好吧，年青的人，我们无妨说一说过去的平常的事情。”教士说，“有一天，法兰西差不多被英吉利人征服了，国王只有一省的地方。在国民之中奋起了两个人，一位穷苦的女子，就是我们刚才所说的约翰达尔克；还有一位是名叫心约克的有钱人。一个把她的手臂和她的处女的尊严贡献出来，一个拿出了他的黄金：国家就这样的有救了。但是这位女子却被捕了！……能够用钱来赎回这位女子的国王却让她活活的被人烧死。至于英勇的有钱人呢，国王却让他的宫臣控告他大逆的罪状，侵吞他的财产。对于这位无罪而被搜索压迫受到审判的人的剥夺就使五个贵族的家庭发富……布尔慈主教的父亲因此就离开国土，永远不想再回来，因为他在法兰西的财产连一个铜子儿也没有剩下，只有在埃及委托给阿拉伯人和沙拉生人的金钱还属于他。您还可以说：‘这些例子都是太老的，这一切的忘恩背义的事实都有三百年的传诵，而且那时代的奥涩的文章都是不可靠的。’好吧，年青的人，您相信法兰西的最后的‘半神’拿破仑吗？他支持一位失宠的将军，他只是逆心的任命他为元帅，他从来不是有意的应用他。这位元帅叫作客礼曼。您知道为什么吗？……客礼曼曾在马兰谷救过法兰西和第一总裁，他的勇敢的使命在血肉和炮火之中受到人们的称赞。但是在公报之中甚至于都没有记载这次的英勇的任务。拿破仑对于客礼曼的冷淡的原因和福赤的失宠、达利兰王子的失宠的原因是一样的。这就是国王查礼七世的负恩、李慈刘的背义！……”

“但是，神父，假定您救了我的命，您使我发财，”鲁先说，“您就这样的使我的感恩变成微小的。”

“小滑头，”教士笑着说，拉过鲁先的耳朵，用半威严的亲热的态度拧了几下，“如果您对我负恩的话，您就是一个强有力的人，我就要在您的面前退缩；但是您还没有到那个地步，因为您这位简单的学生您太早就想要变成先生。这是您这时代的法兰西人的缺点。他们被拿破仑的例子腐毁了。您辞了职，因为您不能够得到您所希望的肩章。……但是您曾把您的一切愿望、一切的行动和一个思想联一起吗？……”

“不幸得很，并没有！”鲁先说。

“您是英国人所谓的 inconsistent（不一致）。”僧会会员微笑的说。

“我要怎么样有什么关系呢，如果我什么样子都再也做不成的话！”鲁先回答说。

“希望在您的一切的善良的性质之后存在有一种 semper virens（恒定的力量），”教士说着，表示他也懂得一些拉丁文，“而世界上的任何东西也都不能够抵抗您了。我已经相当的喜欢您……”

鲁先用疑惑的神气微微的一笑。

“是的，”陌生的人回答鲁先的微笑说，“我对您很发生兴趣，就好像您是我的儿子一样，我相当有勇气的打开我的心跟您说话，就好像您刚才对我说的一样。您知道您有什么东西让我喜欢吗？……您有去旧图新的决心，您能够倾听这篇什么地方也听不到的道德的功课；因为聚在一群的人们比他们的利益逼着他们去演喜剧的时候还要虚伪。所以，人们在大部分的生活中都是花费在铲除他们的青春时代生长在他们心中的东西之中。这种铲除的工作就叫作经验的获取。”

鲁先一边听着教士说话，一边心里想：

“这原来是一位在路上寻开心的老政客。他很高兴使一位将要自杀的可怜的孩子的意见改变，他要在他的戏谑之后使我懈怠……但是他很懂得似是而非的理论，我觉得他和布郎德或是陆士铎一样都会这一套。”

虽然有这个智慧的思虑，这位外交家对于鲁先所下的腐化的工作却深深的打进了他的灵魂，而且那些有力的例子使他发狂。受了这个猥亵的谈话的昏惑，鲁先又很愿意的回到他的生命上面来，他觉得他是被一个有力的手臂从自杀的深渊里带到水面来了。

这样一来，教士的胜利是很明显的。所以，不时不时的，在他所叙述的讥刺的历史中，他总陪着发出一个狡猾的微笑。

“如果您对于道德所取的态度也和您对于历史所取的态度一样的话，”鲁先说，“我真想知道您这一刻外表上所显露的仁慈到底是什么动机？”

“这个，年青的人，这是我的讲道的最后的一点，请您允许我保留这一点，因为这样的话，我们就不至于今天彼此分开。”他用一个看见自己的狡计成功的教士的精细回答说。

“那么，就请您给我说一说道德吧，”鲁先接着说，他心里想：“我要拿他来开心。”

“年青的人，道德是从法律开始的。”教士说。“如果只是宗教的问题的话，法律就变成无用的了；信教的人没有什么法律。在公民的法律上就有政治的法律。好吧，您要知道从一位政治家看来在您们十九世纪的额头上写的是什么东西吗？法兰西在一七九三年曾发明过一个民主政治，这个民主政治却是由一个绝对威权的皇帝来结束的。这是您们的国史。至于风俗呢？达莲夫人和保阿尔尼夫人都有同样的品行，然而拿破仑却只娶了其中的一位，封她做您们的皇后，从来不想接见另外的一个，虽然她封为公主。拿破仑是一七九三年的短裤党人，然而在一八〇四年他却戴上了铁冠。一七九二年醉心于‘不平等勿宁死’的猛士们自从一八〇六年之后却变成了拥护路易十八的正统贵族派的同谋人。今日在圣日耳曼镇高据宝座的贵族在外国的时候却是什么都干的人；他们放高利贷，他们做买卖，他们制了一些小馒头，他们当厨子，当佃农，当牧羊的人。所以，在法兰西，政治的法律和道德的法律都是用结果来否认开始的，用行为来否认他们的意见，或是用意见来否认他们的行为。无论在政府方面也好，或是在个人方面也好，逻辑都是不存在的。所以，您们已经没有道德了。现今在您们国家里，成功是一切的行动的最高的理由，无论这行为是什么样子的。所以，事实本身是毫无意义的，它是整个的存在于别人的意见之中。因此，年青的人，您就有您的第二个训诫了，您应当有美丽的外表！把您的生活的反面藏了起来，把光耀的地方显露出来。野心家的箴言‘谨慎’也就是我们的箴言，您也应当把它拿来作为您的箴言。伟大的人物和贫贱的人物一样有许多的缺点；但是他们是暗中做的，而夸耀他们的德性：所以，他们总是伟大的。渺小的人物把他们的德性在黑暗里发展，而把他们的贫贱显露在光天化日之下：所以，他们总是被轻蔑的。您隐住了您的伟大的地方而让人看见您的创伤。您公开的爱上一个情妇坤伶，您住在她的家里，和她同居；您们没有什么可责备的，大家都觉得您们两个人都十分的自由；但是您们就等于声明不愿意参加世人的思想而您们也得不到世界给服从它的法律的人所有的尊敬。如果您会把这个高萝丽让给这位卡莫苏先生的话，如果您隐瞒着您和她的关系的话，您就可以娶巴尔吉顿夫人，您就可以当安古莲州长和吕崩柏礼侯爵。您得改变您的行为：请您把您的美丽、您的雅趣、您的精神、您的诗才显在外面。如果您要做些小小的坏事的话，您应当在四个墙壁之内做它。然后，您就没有在这名叫世界的舞台的布景上玷下污点的罪状。拿破仑管这个叫作‘在家里洗脏衣服。’从这第二个训诫就引出了这个推论：一切的东西都是形式的。请您注意清楚我所谓的形式是什么意思。有的没有受过教育的人因为需要的压迫就用武力抢夺别人的一笔钱；人家就叫他们作罪犯，他们也就不得不受到法律的制裁。一位有天才的穷人找出了一个秘密，这秘密的开发实在就等于宝库，您给他借去三千佛郎（正如手里拿住您的三千佛郎的把柄而要抢夺您的姐夫的高恩德兄弟一样），您给他苦头吃，一直要让他把全部或一部分的秘密放弃给您，您只用您的良心来计算，而您的良心也不会把您带到审判罪人的法庭去。社会秩序的敌人就利用这种相反的情形在公理后面狂吠，用民众的名义愤怒人家把一个夜间在住民的中心偷鸡的小窃送去执行漕刑，只把应用破产来毁灭许多家庭的人坐了几个月的监狱；但是这些伪君子清楚知道在判决小窃的时候，审判官坚持贫富之间的界限，这界限一旦推翻了，社会的秩序也就到了末日了，然而破产的人、巧妙的骗取遗产的人、损害一桩事业而求自利的银行家，他们却只产生财富的替换而已。所以，我的儿子，社会不得不为自己的利益分别我叫您为您的利益而分别的东西。大人物就是要把自己和整个的社会相等。拿破仑、李慈刘、诸位梅迪西斯，都把自己和他们的世纪相等。您，您把自己估计为一万两千佛郎！……您的社会不再崇拜上帝，只崇拜金牛！这是您的宪章上所谓的宗教，这宪章在政治方面只计算财产。这不是对一切的子民说'想法子发财……'吗？当您知道合法的找到财富而变成富翁和吕崩柏礼侯爵的时候，您就可以享受荣誉的奢华了。那时候您就可以用许多的细心来做您的事情，没有一个人敢说您缺乏精细，如果您真的在求财的时候缺乏一些精细的话，不过这都不是我劝您干的勾当。"教士说着，拿了鲁先的手，轻轻的拍着他。"那么您得把什么东西装在这美丽的脑袋里呢？……这是唯一的结论：献身于一个光明的目的而隐秘其到达的手段，遮瞒一切的步骤。您所有的行为都是孩子的行为，您得变成一个大人，变成一个猎夫，请您等待时机，请您埋伏在巴黎的世界里，等着一个猎获物和一个偶然的机会，不要保持您的人格和人们所谓的尊严，因为我们大家都是服从一两件东西的、一个恶习的、一个必要的；但是您得遵守最高的法则——秘密。”

“您吓坏我了，我的神父！”鲁先叫了起来，“这在我看来好像是一条大道理。”

“您说得对，”僧会会员说，“但是这理论并不是我的发明。那些暴发户、奥地利的王族和法兰西的王族，都是这样的想法。您什么也没有，您正是在梅迪西斯、李慈刘、拿破仑的野心的开端的情况之中。这些人，我的小孩子，他们是以负恩、出卖和最强烈的矛盾来计算他们的将来的。为着得到一切，就得有胆量来干一切。让我们推理吧。当您坐在一张‘倍伊约特’牌桌旁边的时候，您讨论条件吗？规则是已经存在着的，您得接受它们。”

“算了吧，”鲁先想，“他还懂得打倍伊约特牌哩。”

“您怎么打倍伊约特牌呢？”教士说，“打牌的时候，您实践您的所谓诚实的美德吗？您不但隐瞒您的牌，并且当您确信要赢的时候您还要装作要输的样子。您要守秘密，不是吗？……您为赢五路易的钱而撒谎！……一个相当厚道的赌徒预先告诉别人他有一张什么牌，您要怎么说他呢？好吧，要在一个事业中用他的敌人所没有的道德的训诫来斗争的野心家其实是一位孩子，老政治家可以用赌徒们对一个不知道利用他的好牌的人说：‘先生，您千万不要打牌了……’一类的话对这个孩子说。在野心的赌博中，难道是您来规定规则吗？为什么我告诉您要您和社会相等呢？……这是因为现在的时候，年青的人，社会在不知不觉之中向个人施展过分的威权，个人被迫来对社会奋斗。现在已经没有法律了，现在只有风俗，这就是说只有虚假、总是形式。”

鲁先做出一个惊愕的姿势。

“啊！孩子！”教士说着，他怕使鲁先的诚实起了反动，“您要等着在一位负有两个伟大的国王的外交战所有的一切的不义行为的责任的教士之中找到天使葛布里埃尔吗？（我是费尔丁南七世和路易十八世这两个伟大的……国王的中间人，他们两个人的王冠都是用深刻的……机谋得到的）我相信上帝，但是我更相信世上的威权，而世上的威权也只相信暂时的权力。为着使暂时的权力强化起见，世上的威权就支持使徒的教会，天主教和罗马教，这就是说许多使人民服从一切的情绪。请您服从我和一位妻子服从丈夫一样，我可以给您担保到不了三年您就会变成吕崩柏礼侯爵，您可以娶到圣日耳曼镇一位最贵族的女子，您也可以有一天坐在世卿的席上。这时候，如果我不用我的谈话使您开心，您要变成什么样子呢？一张在水底深泥上找不到的尸体？好吧，请您鼓起一些诗兴吧！……”

鲁先好奇的瞧着他的保护人。

“坐在这马车里，坐在多礼德修道院的僧会会员，费尔丁南七世陛下秘密派遣去见法兰西国王陛下，给他带信，也许要转告法兰西国王说‘当您救了我之后，请您绞杀一切我这时候所疼爱的人，特别是我的使者，使他变成真正的密使’的使者霍里拉·卡尔罗斯教士旁边的这位年青的人。”教士说，“这位年青人已经不是诗人了，因为他的诗人的部分刚刚死去了。我已经从水里捞出了您，我已经给您恢复了生命，您附属于我，应当和生物属于造物者一样，和神仙故事中所说的巨魔属于神明一样，和土耳其的步兵属于苏丹一样，和肉体属于灵魂一样！我，我要用我的强有力的手来支撑您在权力的路上，我而且还答应您有一个欢乐、荣誉和不断的节庆的生活……您永远不会缺乏金钱！……您要光耀，您要显灼，当您俯屈在基础的泥泞之中的时候，我可以给您担保将来的财富的大厦。我是为权力而喜欢权力的，我！我永远会因为您的享福而快乐，这些享福是我所不能享受的。总之，我也就要变成了您！……好吧，无论哪一天，当您觉得这个人鬼的契约、这个孩子和外交家所订的约言不合式的话，您总可以找到您所说的那样一块小地方去溺死；那时候您也许会比现在多一点或是少一点不幸和侮辱。”

“这不是格勒拿德主教的讲道!”鲁先叫了起来，看见马车停止在一个邮站之前。

“我不知道您要给这个概括的教导叫作什么名字，我的儿子，因为我要让您做我继承人；但是这是属于野心的法令。上帝的选民很少数。在下面两个情形中没有什么选择：不是应当到修道院的深处去（您要常常觉得那里的世界太小!），就是得接受这法令。”

“也许最好不必知道得这样的清楚。”鲁先说着，想法子来试探这位可怕的教士的灵魂的深度。

“怎么?”僧会会员接着说，“当您不知道赌博的规矩而赌了博之后，您却在知道清楚的时候，却在有一位坚强的代父带您去赌的时候放弃了他……甚至于没有报复的欲求吗? 怎么? 您都不想骑在那些把您从巴黎驱逐出来的人的背上吗?”

鲁先发抖着，好像打击他的神经的什么铜器，例如中国的铜锣，使他听见这可怕的声音一样。

“我只是一个谦卑的教士，”这个人接着说，让他那被西班牙的太阳晒成古铜色的脸上显出一个可怕的表情：“但是，如果人们侮辱了我、苦恼了我、伤痛了我、欺骗了我、出卖了我，正如您告诉我您被那些坏人那样欺负的话，我就要变成沙漠之中的阿拉伯人了！……是的，我要用我的身体和我的灵魂来报仇。我要嘲笑的来把我的生命钩在砾架上，坐在绞刑台上，受人的串杀，好像在您们国里上了断头台一样；但是我只允许人家在我把敌人践踏在脚下之后来取我的首级。”

鲁先保守缄默，他已经不再想拿教士来开心了。

“一部分人是阿伯尔的子孙，另一部分人是加因的子孙。”僧会会员结束的说：“我，我是混血的：加因是我的敌人的，阿伯尔是我的朋友的；唤醒加因的人是不幸的！……总之，您是法兰西人，我是西班牙人，而且还是一位僧会会员哩！……”

“真是阿拉伯人的脾气！”鲁先心里说，一边细察上天刚给他送来的保护人。

霍尔拉·卡尔罗斯教士一点儿也没有表现出他是一个耶稣会的会徒，或是一个宗教家。他是又胖又矮的人，大手阔胸，力大如神，他的眼色是可怕的，但是却因矫饰的宽仁而略为温和；他那不让任何东西从里边透出外面的古铜的颜色给人一个拒绝的印象，而不是亲近的印象。梳得和达利兰王子一样的美丽的长发使这位独一无二的外交家有点主教的神气，而带有一个金质十字章的白边蓝色带也指示出他是一个教会的贵人。他的黑色的丝袜正配着他那运动家一般的粗腿。他那整洁的服装表现出平常的教士（特别是在西班牙）所没有的对于自己人表的细心。一顶三角帽放在画有西班牙徽号的车前。虽然有许多让人厌恶的原因，但是他那既是强烈又是谄媚的举止却减轻了他的身姿的恶印象；并且，在鲁先看来，很明显的他是很漂亮、很疼人，几乎是一只猫。鲁先用疑惑的神气来研究最微细的东西。他觉得这时候是死活的问题，因为他已经到达了吕非克附近的第二个邮站。西班牙教士的最后几句话大大的震动了他的心弦；并且我们可以不顾鲁先和教士的耻辱来说，教士的聪明的眼睛是在研究鲁先的美丽的脸孔，而这些心弦是最劣恶的，是在腐败的情绪的打击之下震动的。鲁先又看到巴黎了，他又重新抓住他那无能的手腕放松的统治的缰绳，他报复！他对于外省的生活和巴黎的生活所刚做下的比较就随着促成他自杀的最有力的原因一同跑出了他的心灵；他又要重现在他的社会之中，然而这一次却要受一个深刻而能够做出克伦威尔那样的大罪的政客的保护。

“从前我是一个人，将来我们合在一起就是两个人了。”他对自己说。

他越发现前时的行为的错误，他就越觉得这位教士的有趣。这个人的仁慈因为他的不幸越觉得是重大的，而他也一点儿不觉得奇怪。不过，鲁先总还问过自己这位王家的密探到底对他有什么动机。最初他想到一个通俗的理由：西班牙人都是大方阔绰的！西班牙人是大方阔绰的，这正如意大利人是毒狠妒忌的、法兰西人是轻浮的、德意志人是诚实的、犹太人是卑鄙的、英吉利人是高贵的一样。把这几句话翻过来说，您就得到真实了。犹太人垄断了黄金，他们写《魔王罗伯尔》，他们演《斐德尔》，他们唱《特尔·威廉》，他们定购图画，他们建筑宫殿，他们写了许多旅行记和许多美丽的诗文，他们比任何时代都强，他们的宗教也被人接受了，最后教皇也称许他们了！在德意志，为着极小的事情，如果争吵的话，人家都要问一个外国人：“您有契约吗？……”在法兰西，人家五十年来都在喝彩国事的傻戏，人家还继续的戴着不可解释的怪帽，而政府也都在换汤不换药的情形之下改变着！……英吉利在世界上所做的背信的行为，它的丑陋的程度只能够和它的贪婪相比较。西班牙从东西两印度得到黄金之后，现在是一点儿也没有了。在世界之上就没有一个国家，它的毒狠的程度要比意大利为低，它的风俗比较的闲适客气。西班牙人多半是依靠摩尔人的名誉来生活的。

当这位西班牙人重新上车的时候，他就朝着驭夫的耳边说：

“赶快走，这里有三佛郎给你当酒钱。”

鲁先犹豫不上车，教士就对他说：

“我们走吧！”

于是鲁先就上车了，借口说是要对他这个人发出辩论。

“神父，”他对他说，“这个刚刚用世界上最美丽的冷静的态度来申论许多中产阶级所要认为大不道德的教条的人……”

“并且这些教条确是这样的，”教士说，“这是耶稣基督所以要有愤恨的原因，我的儿子；这也就是世界要对这愤慨表示这样憎恶的原因。”

“有您这样气魄的人，您不奇怪我要问您的问题吗？”

“您问吧，我的儿子！……”霍尔拉·卡尔罗新说，“您不认识我。您假定在我选取一位秘书之前我得清楚知道他有否主义而不至于毁坏我吗？我对您很满意。您在任何方面都有一位二十岁去自杀的人的一切的天真。您的问题呢？……”

“您为什么对我发生兴趣？您要用多少的代价来交换我的服从？……为什么您把一切的话都对我说？您有什么主意？”

西班牙人瞧了瞧鲁先，不禁微微的一笑。

“我们等着到下一个山坡，再步行上去，开朗的谈论这个，马车里不是说心里话的地方。”

寂寞在两位同伴之中统治了一些时候，车行的速度促进了鲁先关于道德的问题的昏惑。

“神父，到了山坡了。”鲁先说着，好像从梦中醒来一样。

“好吧，我们走路吧。”教士说着，大声的笑着，叫驭夫停车。

于是，两个人就向大路上走去了。

“孩子，”西班牙人拉着鲁先的手臂说，“你研究过奥特威的《得救的威尼斯》吗？你懂得这个联结彼得和雅菲尔，使他们把一位女人看作微小的琐物，使他们彼此之间改变社会界限的深刻的友谊吗？……好吧，这就是为诗人而有的友谊。”

“这教士也懂得戏剧，”鲁先对自己说。“——您念过福尔泰尔的著作吗？……”他问教士。

“我不止念过，”教士回答说，“而且实行过他的主张。”

“您不相信上帝吗？……”

“算了吧，倒是我是无神论者！”教士微笑的说。“我们必得到实践的路上来，我的小孩子，”他接着抱住他的腰说，“我是一位大贵族的私生子，所以我没有家庭，然而我有一个心……但是请你懂得这个，请你把这个刻记在你那还是柔软的脑筋里：人类最怕孤独。在一切的孤独中，精神上的孤独最为可怕。最初的修道士是和上帝生活在一起的，他们住在最繁殖的世界——精神的世界之中。吝啬的人是住在幻想和欢乐的世界之中的。吝啬的人的脑里有一切的东西，甚至于他的性别。人类的第一个思想，不论他是癞病的或是被刑的，不论他是残废的或是有病的，都要有一个计划他的命运的同谋。所谓生活其实就是这个情绪的满足，而为着满足这个情绪起见，他就用了他所有的气力、所有的力量，他对于生活所有的兴致。如果没有这个至高无上的欲望的话，魔王撒旦能够找到他的同伴吗？……这其实是一首可以写在《失去的天国》的前景的诗，这本书其实不过是革命的辩诉状而已。”

“这一定可以写成一篇《堕落的伊里亚特》。”鲁先说。

“好吧，我是孑然一身，我是单独生活的！我穿的是教士的衣服，我却没有教士的心肠。我喜欢献身牺牲我自己，我有这个恶习。我就是生活在这献身的牺牲之中，这是我所以当教士的原因。我不怕人家的负恩背义，而我却是知道报恩的人。教会在我是等于零的，这是一个意念罢了。我是为西班牙的国王而献身牺牲自己的，但是人家绝不能喜欢西班牙国王，他是我的保护人，他在我的上面俯视我。我要疼爱我的制造品，我要为着我的用途而修理他、陶铸他，因而能够爱他如父亲爱儿子一样。我要在你的两轮轻马车中奔驰，我的孩子，我要因为你在女人身边的成功而快乐，我要说：‘这位美丽的青年，他就是我！这位吕崩柏礼侯爵是我把他制造出来而放在贵族的世界之中的；他的伟大就是我的工程，他是听我的话而缄默、而说话，他一切都请教我。’维尔孟教士对马利—安多恩勒特王后就是这个样子的。”

“他把她带领到断头台上去!”

“他不喜欢这位王后！……”教士回答说，“他只喜欢维尔孟教士。”

“我得把我的忧愁丢在我的后面吗?”鲁先说。

“我有许多宝库，你可以从那里吸取财宝。”

“这时候，我要想方法解放施且尔。”鲁先用一种已经不要自杀的声调辩答说。

“你说一句话，我的儿子，他明天就可以得到出狱所必要的款项。”

“怎么，您要给我这一万两千佛郎吗？……”

“呃！孩子，你不觉得我们是一个钟头走四法里的路吗？我们要到波瓦特尔去吃晚饭去。在那里，如果你愿意签一个契约的话，只是给我证明你的服从而已，服从是伟大的，我要你的服从！那么，保尔都的邮车就可以给你的姊姊带一万五千佛郎去……”

“这些佛郎在哪儿?”

西班牙的教士并不回答，鲁先心里说：

“这个家伙让我发觉了，他跟我开玩笑。”

一会儿之后，这位西班牙人和这位诗人就静静的重上了车。教士又是静静的伸出手探进车袋里，从那里拿出了旅行家所熟识的这个分为三格的皮包。他取了一百个葡萄牙的金币，探进三次大手，每次都是满手黄金的出来。

“我的神父，我是唯命是听的!”被这黄金所眩晕的鲁先说。

“孩子!”教士说着，在鲁先的额头上接了一个温和的吻，“这只是这皮包里所有的黄金的三分之一，三万佛郎，还没有算到旅行费。”

“您就一个人旅行？……”鲁先叫了起来。

“这是什么意思呢?”西班牙人说,“我有十万厄古的汇票汇到巴黎去。一个没有钱的外交家就等于刚才的你一样——一位没有意志的诗人。”

当鲁先和这位所谓的西班牙外交家登上了车的时候,爱薇起床给她的儿子喂奶,她找到了这封绝命书而读了它。一阵冷汗冻结了清晨的倦睡所生的湿气,她战栗了,马上叫马利昂和高尔布。

对于“我弟弟出去了吗?”这句话,高尔布就回答说:

“是的,太太,天亮之前就走了!”

“请你们严守我告诉你们的秘密,”爱薇对这两位佣人说,“我的弟弟一定出去自杀。你们两个都跑出去,小心的探听一些消息吧,请你们细看河流。”

爱薇一个人留在家里,她的发傻的态度是很难看的。正在混乱的时候,柏提—克罗早上七点钟来找她谈事情。在这时刻中,人们要倾听一切的人的说话。

“太太,”法律代言人说,“我们的可怜的大卫坐了监牢了,他已经走到了事情开始的时候我就早已预料过的地步了。那时候我就劝他和他的竞争者高恩德兄弟合股来开发他的发明,他们手中有实现您的丈夫只有空观念的那个事业的工具。所以,昨天晚上,我一听到他的被捕,您想我怎么办呢?我马上就跑到两位高恩德先生家里去,想能够从他们处得到可以使您满意的让步。如果你们要保守这发明的秘密的话,你们就得继续现前的生活状态:你们终究要失败,您们最后总得疲惫半死甚至于损害自己的和一个有钱的人讲和,所以,为着你们好处起见,我希望你们自今天起就和高恩德兄弟和解。这样一来,你们可以减少一位发明家和资本家的贪婪或社会的漠不关心的争斗中所有的困难和忧愁。我们想想!如果高恩德兄弟还了你们的债……如果还了你们的债之后他们还愿意给你们一笔款,不论功效如何,不论这发明的前途和它的实现的可能性如何，而答应你们永远得到一部分的利益的话，你们不是要变成很幸福的吗？……您变成了，您，太太，您变成了印刷材料的业主，您可以售卖它，这值得两万佛郎，我担保可以给您找到用这价钱买它的人。如果您和高恩德兄弟订了一个契约而得到一万五千佛郎的话，您一共就有三万五千佛郎的财产，而照现在的利率来算，您可以得到两千佛郎的息金……在外省，人家有了两千佛郎的息金就够得生活。并且，您得注意，太太，在您和高恩德兄弟的合股之中，您也许还可以得到一些利益。我说‘也许’，因为我们得假定失败。好吧，这些是我预备能够得到的：第一是大卫的完全的释放；第二是津贴他的研究的一万五千佛郎的费用，这笔款无论用什么名义都是高恩德兄弟所不能够请求偿还的，就是这发明不生产，也得如此；最后就是在大卫和高恩德兄弟之间成立了一个合股的会社，来开发共同而秘密试验他的制造方法之后所得到的发明的执照。这合股的条件是这样的：一切的费用都是由高恩德兄弟负担。大卫的资本就是他的发明执照的持寄财产，他可以得到四分之一的利益。您是一位很有判断力的非常有理性的女人，这是大多数美丽的女人所没有的；您考虑这些条件，一定会觉得很可以接受……”

“啊！先生，”失望的爱薇满脸流泪的叫了起来，“为什么您昨天晚上不来给我提出这些条件呢？那样的话，我们就不至于受此侮辱，而且……更糟的是……”

“您一定也曾疑惑过在麦持维尔背后的是高恩德兄弟，我和他们的谈判一直到昨天半夜才结束。但是自从昨天晚上以来你们到底出了什么事，比可怜的大卫的被捕更糟呢？”柏提—克罗问。

“这是我醒来时所得到的可怕的消息。”她回答着，给柏提—克罗递过鲁先的信。“您现在给我们证明您是关心我们的，您是大卫和鲁先的朋友，我也用不着请您守秘密……”

“请您一点儿也不必焦急，”柏提—克罗看完了信，就说着把这封信递还给她。“鲁先不会自杀。当了解姐夫的被捕的原因之后，他得找一个理由离开您，我认为这是离家的一篇台辞，而且带有后台的作风。”

高恩德兄弟达到目的了。苦楚了发明家和他的家庭之后，他们就抓住了因为惰性而希望休息的时刻。一切的发明家都不能够抵抗把猎获物咬死在牙齿之间的獒狗，而高恩德兄弟也曾细细的研究过他们的牺牲品。在大高恩德看来，大卫的被捕是他的第一幕把戏的最后一场。第二幕戏是以柏提—克罗刚才所提的条件开始的。法律代言人是一位大师，他看出鲁先的冒险是一个意外的良机，能够使她决定她的主意。他看见爱薇这样整个的被这桩事压服了，他就决定利用这机会来赢得她的信任，因为他猜透这位妻子对于她的丈夫的影响。所以，他不是把施且尔夫人更深的推进失望的陷阱里，而是设法安慰她，很巧妙的带她到监狱里来，因为他看准她的心里在想着要使大卫决定和高恩德兄弟合股设立会社。

“大卫告诉过我，太太，他只是为您和您的弟弟而希望得到财富；但是我们应当给您证明要鲁先发财真是一桩发疯的事。这孩子要把三个财产都吃光。”

爱薇的态度可以表现她对于弟弟的最后的幻想已经没有了；所以这位法律代言人就歇了一口气使他女主顾的沉默变成一种赞同的表示。

“所以，在这个问题之中，”他接着说，“关系人只有您和您的儿子。只有您可以知道到底两千佛郎的息金是不是够得维持您的幸福，没有计算老施且尔的继承。您的公公很久以来就有七八千佛郎的收入，还没有算到本钱所生的利息：所以，您无论如何都有这么大一个前途。您为什么要苦恼呢？”

法律代言人离开了施且尔夫人，让她去思考大高恩德前一夜所精心结构的景象。

“请您让他们看出可以拿到一笔款项的可能性，”当法律代言人报告大卫被捕的消息的时候，这位安古莲的贪婪的资本家就这样的说，“只要他们有意思拿钱，他们就是属于我们的了：我们可以讲价钱，而且可以一步一步的使他们走到我们所要给这个发明出的价钱上面来。”

这句话就是包含这第二幕财务戏的论证。

当施且尔夫人带了一颗因为弟弟的命运而破碎了的心坎，穿了衣服，走下楼来，预备到监狱里去的时候，因为一个人单独在安古莲街上行走，使她不禁生了许多的忧虑。柏提—克罗并不关心他的女主顾的焦虑，然而他却带了一个相当狡猾的思想，给她伸过手臂，而且有一个细腻的举止，甚至于使爱薇大大的受了感动——因为他让她致谢他，而不揭破她的错误。在这个时刻，在这样残忍、这样富有破坏性的人身所有的这小小的精细居然能够使施且尔夫人改变了一直到现在为止她对柏提—克罗所有的判断。

“我带您走最长的路，”他对她说，“但是我们可以不至于碰见什么人。”

“先生，这是我不敢抬头走路的第一次！人家昨天真是太残忍的告诉我……”

“这是第一次，也是最后的一次。”

“噢！我一定不会再住在这个城里……”

“如果您的丈夫同意高恩德兄弟和大家所讨论的提案的话，”柏提—克罗对爱薇说，走到了监狱的门限上，“就请您让他知道我马上就要带葛仓允许大卫出狱的命令来；并且，大概不会错的，他绝不会再回到监狱里去……”

这种在监狱前面所说的话就是意大利人所谓的阴谋。在意大利，这句话表示无法加以定义的略带合法成分的不忠实的动作，表示一个虚伪的许诺的凑巧，一个半合法而巧为实施的欺罔；例如圣巴尔德莲美惨杀案就是一个政治的阴谋。

根据上面所解说的理由，因为债务而被拘捕在外省实在是一桩非常少见的司法事实，所以在大部分法兰西的城市里，拘留所并不存在。在这种情形之下，债务人就被人下在监禁被告、刑事被告、被罚和被判罪状的人的监狱里。这些就是人民普通称呼罪犯的合法而顺序的名称。所以，大卫就暂时被人下在安古莲监狱的一间低屋里，也许有一两个在这里闲度时光的被判罪状的人是刚从这里出去的。下了狱，付了法律所规定为一个月狱中的膳费之后，大卫就觉得面前有一个伟大的人物，这个人在囚犯看来要比国王还有权力——他就是狱卒！在外省，人们从来就不认识有衰瘦的狱卒。先说，这个差事几乎是一个闲官；再说，狱卒就好像是旅馆主人一样，他不必付房钱，他用虐待囚犯来自饱，并且正如旅馆主人一样，他根据囚犯的孝敬来安置他们。他知道大卫的名字，这大半是因为大卫父亲的缘故，而他相信能够好好的让大卫睡一觉，虽然大卫一个儿子也没有。

安古莲监狱是中世纪时代建筑的，它并没有比大教堂有更多的改变。它还是被人家叫作“审判室”的，它是靠在古代的审判厅的背后的。小门洞是古典的，这是加钉，外表结实，古旧，低矮而像是巨人额上的单眼的建筑物。狱卒在开门之前就是从这小洞来看里边的人。一个走廊沿着地面楼的正面发展着，而在这走廊上面开有许多的房屋，房屋的窗户装有栅栏，光线就从中庭射了进来。狱卒的住处由一个穹窿和这些房屋分开，这穹窿把地面楼分为两部分，在它的边端上可以看见小门以下有一个栏杆关住中庭。狱卒带大卫到穹窿的旁边一间房屋里来，这房屋的门正面对着狱卒的住处。狱卒要跟一位有特别地位而能够做他的同伴的人为邻。

“这是最好的房屋。”他看见大卫瞧了这地方不禁发愣，就这样的对大卫说。

这间房屋的墙壁是石头砌成的，而且是很潮湿的。高高的窗户有铁栏杆遮住。石片投进了一阵冰冷的空气。人家可以听见在走廊巡逻的哨兵的规则的步伐。这个和潮水一样单调的声音会立刻把您投进这个思想里边来：“人家在看守你！你已经不自由了！”这一切的细节，这一切事物的总和都奇异的反应在老实人的精神之上。大卫看见一张丑陋的睡床；但是坐狱的人们第一夜未免太激动了，他们只于第二天夜里才感觉得睡床的坚硬。狱卒很温和，他自然而然的给他的拘留人提议，叫他在中庭里散步，一直到夜里为止。大卫的苦恼是从睡觉的时候才起始的。囚犯们不能够有灯光，所以得有检察官的许可才可以使因为债务而被拘的人免除了这完全为刑事犯而设的规则。狱卒许可大卫到他的居处来，但是睡觉的时候，他却得把大卫关了起来。可怜的爱薇的丈夫于是就认识了监狱的可怕和使他发怒的粗野的习惯了。但是，由于一种思想家所熟识的反动，他就用了诗人们用以醒悟的一种梦幻把自己从孤单里脱救出来。这位不幸的人最后就想到他所有的事情。监狱大大的催促他去究察良心。大卫问了自己到底是不是尽了家长的责任。他的家庭要如何的忧虑！为什么，正如马利昂所说的，他不先赚了相当的钱再等闲暇的时候来研究发明？

“出了这个乱子之后，”他对自己说，“怎么能够在安古莲居住呢？如果我出了狱的话，我们要变成什么样子呢？我们要到哪里去呢？”

他居然也对他所发明的制纸的步骤有点怀疑。这是那些只有发明家自己懂得的忧虑的一种！来回的疑惑之后，大卫就看清楚自己的地位了，他就对自己说了高恩德兄弟对老施且尔、柏提—

克罗刚对爱薇所说的话：

“假定一切都顺利，那么，得如何的实施起来呢？我得有一张发明特许执照，这就得有钱！……我得有一个工厂来大规模的试验我的制造，这就是要放弃我的发明给别人！……噢！柏提一克罗真是说得对！”

最黑暗的监狱却放出了很活跃的微光。

“嘿！”大卫说着，就在有一张盖着棕黑粗床单的可怕的褥子的一种行军床上面睡下，“明天早上我一定可以看到柏提一克罗。”

所以，大卫是预备好来听从他的妻子给他带来的敌人们的提议的。当她吻了她的丈夫而坐在床脚上面之后（因为那里只有一张最坏的木椅），爱薇的眼线就降落在墙角上所放的可怕的小木桶和在大卫之前住在这里的人所写在墙上的名字和格言。然后，眼泪开始从她那胀红的眼眶里流了出来。在她流干了眼泪之后，看了她的丈夫落在囚犯的地位之中，她还能够有她的泪珠。

“这原来是光荣所能够引导来的地方！……”她叫了起来。“噢，我的天使，放弃这个事业吧……我们大家一块儿走熟路吧，不要再寻找快速的财富了……为着使我幸福其实用不了多少的东西，尤其在受尽艰苦之后！……并且如果你知道！……这个丢脸的被捕并且不是我们的不幸的话！……你瞧！”

她给大卫递去鲁先的信，大卫读了它；但是为着安慰他起见，她就对他说了柏提一克罗所说的关于鲁先的那句可怕的话。

“如果鲁先自杀的话，就是这个时候自杀，”大卫说，“如果这时候不自杀的话，他就不会自杀了：他自己说过，他只有半天的勇气……”

“但是我们要老这样的忧愁吗？……”姐姐叫了起来，想到死，她差不多就宽恕一切了。

她就重新叙述了柏提一克罗所谓从高恩德兄弟处争辩得来的

回到家里的时候，大卫好像小孩子一样的哭着吻了他的小鲁先。

条件，大卫接受了这些条件，他的快乐而且是看得见的。

“我们就可以在湖姆附近一个村落里生活了，高恩德兄弟的工厂就在这个村落里，我现在只要有平静的生活了！”发明家叫了起来。“如果鲁先拿自杀来自罚的话，我们也有相当的财源来维持等待我的父亲的财产；如果他还活着的话，这位可怜的孩子也应当知道适应我们的俭朴的生活了……高恩德兄弟当然要利用我的发明；但是，说到底，我是国家的什么呢？……一个人而已。如果我的发明能够使一切的人得利的话，我就满意了！瞧，亲爱的爱薇，我们两个人都不是生来当商人的。我们既没有获利的嗜欲，也不犹豫放松金钱，甚至于最合法的利益，这也许是商人所特有的德性，因为人家管这两种吝啬叫作：谨慎和商业的天才！”

意见的一致是爱情的最甘美的花朵，因为在两个互相敬爱的人之中，兴趣和精神可以不一致。爱薇快乐了，她就请狱卒替她给柏提—克罗送一封信去，请他释放大卫，告诉他赞同了高恩德兄弟的提议。十分钟之后，柏提—克罗走进大卫的可怕的房子里来，对爱薇说：

“请您回家去吧，太太，我们要跟着您去……——好，亲爱的朋友，”柏提—克罗对大卫说，“你就这样的让人家拘了起来！你怎么会做了这个大错走出你的避难所呢？”

“呃！我怎么不出来呢？这是鲁先给我写的信。”

大卫给柏提—克罗递过赛里西的假信；柏提—克罗接了过来，读了读，看了看，摸着纸，好像不在意的折着信，一面跟他谈论事情，一面把信收放在口袋里。然后，柏提—克罗就拉着大卫的手臂，和他一块儿出去——因为正在谈话之间，执达吏的释放令已经传给狱卒了。

回到家里的时候，大卫以为是上了天堂，好像一位小孩子一样的哭着吻了他的小鲁先，而在二十天的软禁（照外省人的风俗来说，这软禁的最后几点钟是很丢脸的）之后又回到他的卧室来了。高尔布和马利昂也回来了。马利昂在湖姆听说人家看见鲁先在马尔萨克那一边巴黎大路上走去。那些带粮食到城里卖的乡下人看见鲁先的花花公子的服装。骑着马走上大路之后，高尔布终于在孟斯勒知道马郎先生认得鲁先坐了一个邮车旅行去了。

“记得我说的话吗？”柏提—克罗叫了起来。“这不是一位诗人，这是一篇不会完的小说。”

“邮车！”爱薇说，“这一次他要到哪儿去呢？”

“请您现在就到两位高恩德先生家里去吧，”柏提—克罗对大卫说，“他们等您哩。”

“啊！先生，”美丽的施且尔夫人叫了起来，“请您好好的给我们保卫我们的利益，我们的整个的前途都操在您的手中。”

“太太，”柏提—克罗说，“您要在您家里会议吗？我把大卫留下陪您。这些先生们今天晚上要到这里来，您也就可以看得出我是不是懂得保卫你们的利益。”

“啊！先生，您真让我太高兴了！”爱薇说。

“好吧，”柏提—克罗说，“晚上见，在这里，七点钟。”

“谢谢您！”爱薇回答说，她的眼色和声调可以给柏提—克罗证明他如何进步的得到了他的女主顾的信任。

“不要骇怕！您可以看得出来，我是有道理的。”他加上一句话说。“令弟已经在自杀以外的三十法里的路程了。总之，今天晚上也许您们就有一个小小的财富，因为一个严肃的收买人要来收买您们的印刷局。”

“如果真的话，”爱薇说，“为什么不等着在把我们和高恩德联在一起之前卖了它呢？”

“太太，您忘记了您只能够在付清麦持维尔先生的债务之后才可以卖您的印刷局，”觉得信任发生危险的柏提—克罗回答说，

“因为您们的器具始终被没收。”

回到家里之后，柏提—克罗就叫赛里西来。当这位印刷局经理进到他的办公处的时候，他就把他带到十字窗的窗口来。

“明天晚上你就是施且尔印刷局的主人了，并且有相当有力的保护而能得到执照的传授，”他在他的耳朵里说，“但是你不要结束你的曹刑吗?”

“什么！什么！曹刑?”赛里西说。

“你给大卫的信是一封假信，这信在我手里……如果人家问了亨利爱特的话，她要怎么说呢?……我不愿意让你失败。”看见赛里西脸部发白，柏提—克罗马上就说。

“您还要我什么东西吗?”这位巴黎人叫了起来。

“好，我要你的是这个，”柏提—克罗接着说，“听清楚！你可以在安古莲当两个月的印刷家，……但是你的印刷局是借钱买来的，而且你十年也还不清这笔债！……你得长期替你的资本家工作！并且你得把你的名字借给自由党。……是我要给你和甘拿勒克的合资公司起草契约的；我可以用方法使你能够有一天整个的把印刷局属于你自己……但是，如果他们创办了报纸的话，如果你当了这报纸的管理人的话，如果我在这里当了正检事的话，你得和大高恩德合谋在报纸里刊载些可以使报纸让人家没收停办的文章……高恩德兄弟一定会给你许多的钱报酬你这功劳……我知道你一定要被人判罪。你一定要靠坐狱吃饭，但是你就这样的变成了一个重要而被迫害的人物。你要变成自由党的一个人物，一位梅尔西尔管家，一位古里尔·保罗—路易，一位小型的孟奴埃尔。我绝不让你拿回你的执照。到这报纸被迫停办的那一天我就要当你的面烧掉这封信……你的幸运并没有多大的代价。”

一般的人对于合法和不合法的分别有许多不正确的意念，而已经看出自己要对簿公堂的赛里西也就哑口无言了。

“三年之内，我一定会当安古莲的检察官，”柏提—克罗接着说，“你也许有需要我的地方，你无妨想一想！”

“就这么办吧。”赛里西说，“但是您不认识我：请您当面烧毁这封信吧，”他接着说，“请您相信我对于您的感恩。”

柏提—克罗瞧着赛里西。这是眼对眼的一种决斗，观察他人的人的眼色就好像是用来搜索灵魂的解剖刀一样，而被人陈列观看的人的眼睛就好像是一场戏景一般。

柏提—克罗并不回答；他点了一支蜡烛，烧了这封信，对自己说：

“他要弄他的财富！”

“您有一个一切都听从您的人。”印刷局经理说。

大卫带着一个空泛的不安的心景来等待他和高恩德兄弟的会议：这并不是关于他的利益的讨论，也不是他所关心的订立契约的问题，而是制造家对于他的工作所有的意见。他的地位就好像是批评家之前的戏剧编著人一样。发明家的自尊心和得到目的时的不安的情绪使其他一切的情绪都衰弱了。最后，晚上七点钟的时候，当查特利·西克斯特伯爵夫人听到许多关于鲁先的矛盾的消息而借口头痛躺在床上让她丈夫招待客人的时刻，大高恩德和胖高恩德两个人就和柏提—克罗一同走进了他们的竞争者的家里，这位竞争者已经无能为力的投降他们了。最初，他们因为一个先决的困难而停顿了：在没有知道大卫的制纸方法之前怎么能够订立合股会社的合同呢？然而，如果大卫泄漏了他的秘密，他就只好任两位高恩德为所欲为了。柏提—克罗终于决定先订立契约。然后，大高恩德就叫大卫让他看看他的新法的产品。发明家就把最后所制造的几张纸给他看，给他保证成本的低微。

“好吧，”柏提—克罗说，“这就算是合同的基础了；您们可以根据这些事实合股，不过得再加上一个条款，说明如果拿不到执照来实现制造的话，要如何的解散。”

“还有一件事，先生，”大高恩德对大卫说，“还有一件事就是在他的房子里制造一些小规模的纸样，或是献身于大规模的制造。请您用一件简单的事实来判断它！我们制造有颜色的纸张，为着加色起见，我们得买各种不同的颜料。所以，用来给我们的排字染蓝色的蓝靛是放在一个箱里的，而这个箱里的一切的面浆都是从一个同一的制造来的。好吧，我们从来就没有得到两缸同样的颜色过……在我们的制造中总有许多现象是我们所得不到的。纸浆的量和质马上就改变了一切的问题。当您在盆里放些成分的时候，这成分的比例是我所不敢过问的，您有您的所有权，您能够在各部分都一致的匀和，把它们联在一起、揉在一起，随意的搅和，使它们变成同质的……但是谁能给您担保在含有五十令纸的一缸中都是一样的，而您的方法也一定能成功呢？……”

大卫、爱薇和柏提—史罗都互相的瞧了一瞧，用眼睛来说了不少的话。

“请您举一个相类的例子吧。”大高恩德歇了一会儿之后又说着，“您在草场上割了两扎的草，您把它们紧紧的放在您的房子里，不让草枝着火，好像乡下人所说的一样；草堆发酵了，但是却没有发生什么险事。您是不是根据了这个经验就把两千扎的草梗都堆在一个木仓里呢？……您清楚知道这草堆会着火，您的草仓会像火柴一样的烧了起来。您是一位有知识的人，”高恩德对大卫说，“请您下一个结论吧……这时候您是割了两扎的草梗了，而我们却只怕在我们的制纸厂里的两千扎的草中会起火。换句话说，我们能够蒙到比一桶的染料更多的损失，而花了许多钱之后手中却得不到什么东西。”

大卫没有说话了，实践是用实证的语调跟理论说话的，而理论的语言往往是属于将来的。

“签了这么样一个合同不是发疯了吗？”胖高恩德粗暴的叫了起来。“你要丢钱就丢你的吧，维尼发斯；我，我要保守我的钱……我得还清施且尔先生的债，六千佛郎……还有三千佛郎的期票，”他接着说，“而且是一年或十五个月的……这得冒相当的险……我们有一万两千佛郎的账欠麦持维尔的。这算起来一万五千佛郎！……但是这是我一个人所能拿出钱购买这个秘密来开发的。啊！这就是你告诉我的那个发明吗，班尼发斯？……好吧，谢谢，我相信你还要精明。不，这不是人家所谓的一件事业！……”

“您们的问题归结一句话是这样的，”柏提—克罗并不骇怕这个结束，就这样的说，“您们要不要冒二万佛郎的险来购买一个可以使您们大发财的秘密？但是，诸位先生，一切冒险的原因都是利益……这是用两万佛郎和发财打赌的问题。赌钱的人注了一个路易的钱，希望一转手就变成三十六路易，但是他知道他的路易是丢了的。然而您们还是一样的干吧。”

“我请求让我考虑考虑，”胖高恩德说，“我，我并没有我的哥哥那样的懂事。我是一位质朴的穷孩子，我只知道一件事：用二十苏印一本弥撒书而卖了四十苏。我觉得这个只在初期的试验的发明是破财的原因。人家可以在第一桶里成功，但是第二桶恐怕就不行了，人家还继续的干，人家是让人引诱去了，而且当人家把手臂放在齿轮的咬合的地方，他的身体也就跟着进去了……”

他就叙述了一位保尔都商人的故事，说是这位商人因为听了一位学者的话要开垦野地，结果破产了，他举了查兰特省和多尔都额省他所知道的六个工业上和农业上的例子；他发怒了，不愿意再听，柏提—克罗的反驳不但不能够平静他，反而增加了他的怒气。

“我宁可花更多的钱买一个比这发明还要靠得住的东西，只要一个小小的利益。”他说着，瞧了瞧他的哥哥，“依我的意见，这不够建立一个事业。”他叫着说，结束了他的意见。

“那么，您们不是为什么事情来这里吗？”

“来释放施且尔先生，给他保证如果成功的话，可以给他百分之三十的利益。”胖高恩德激烈的回答。

“呃！先生，”爱薇说，“在试验时期之内我们要靠什么生活呢？我的丈夫已经蒙过被捕的耻辱，他可以再回到监狱里去，这对他是无损无益的，我们也可以自己还我们的债……”

柏提—克罗把手指放在嘴唇之上，看着爱薇。

“您们没有道理，”他对两位兄弟说，“您们已经看见过纸样；老施且尔已经对您们说过他的儿子被他关了起来曾在一夜里用了不价值的成分制造了上等的好纸。……您们是到这里来成就这个获得的。您们到底要不要获得呢？要还是不要？”

“无论我的弟弟要不要，”大高恩德说，“我都要冒险。我，冒险给施且尔先生还债；我给六千佛郎，现钱，而施且尔先生也可以得到百分之三十的利益。但是请您们听清楚，如果在一年之内他还不能够实现他在契约中所提的条件之话，他就得付还这六千佛郎，把执照留给我，我们可以自由利用这执照。”

“你有把握吗？”柏提—克罗拉大卫到一边，对他说。

“有。”大卫说，他是中了这两位兄弟的圈套了，他只怕要和胖高恩德在这个有关他的将来的会议之中决裂了。

“好吧，我去起草契约了。”柏提—克罗对两位高恩德和爱薇说：“您们今天晚上大家都可以有一份，您们可以整个早晨的考虑；等到明天下午四点钟，出了公堂的时候，您们就可以签这契约。您们，二位先生，您们可以取回麦持维尔的文据。我，我得递上呈文到王家法庭去请求停止诉讼，我们彼此也不要再追究了。”

这是关于施且尔的责任的条文：

于签约人之间……

安古莲印刷家施且尔·大卫先生正式宣告曾经发明于缸中黏贴纸张之方法，引用植物材料于纸浆之中，杂入现时所用之布褛或仅用此植物原料而能减低制纸成本之百分之五十以上。施且尔·大卫先生即与高恩德兄弟二先生设立一引用此等方法开发即将取得之发明执照之合股会社，两方订立条件如下……

其中的一项条款是：如果大卫不能够实现这记载所陈叙的允许的话，他的权利就要整个的被褫夺。这条款经大高恩德细心想出来，由大卫同意。

第二天早上七点半钟带来这契约的时候，柏提—克罗就告诉大卫和他的妻子说赛里西要出两万二千佛郎的现款来购买印刷局。出盘的契约当天晚上就可以签订。

“但是，”他说，“如果高恩德兄弟知道这出盘的话，他们说不定就不肯签订这条约，来苦恼您们，在这里来售卖……”

“您确信他能付这笔款吗?”爱薇说着，她很奇异的看着三个月以前她曾救护过的这个她所忧虑的事情是这样的结束。

“我自己有资本。”他干干脆脆的回答说。

“但是，这不是巫术吗?”大卫说着，问柏提—克罗给他解释这财富的来源。

“不，这是很简单的，湖姆的商人们要创办一家报馆。”柏提—克罗说。

“但是我不许他们办。”大卫叫了起来。

“您！……但是您的承接人……并且，”他接着说，“您一点儿也别不放心，您就卖它吧，把卖价放在口袋里吧，让赛里西从出盘契约的条款中解脱出去吧，他懂得临机应变。”

“噢！是的。”爱薇说。

“如果您不许人家在安古莲创办报纸的话，”柏提—克罗接着说，“给赛里西出资的人可以在湖姆创办。”

被这超过需要的三万佛郎的昏迷，爱薇只把合股会社看作次要的希望了。所以，施且尔先生夫妇两个人就让步了最后所讨论的关于这个契约的一点。大高恩德坚持要用他的名义请求发明特许执照。他很成功的说，当大卫的权利已经完完全全规定在契约之中的时候，无论用合股社员之中的哪一个人的名义来领取执照都是一样的。他的弟弟就结束着说：

“是他给钱去领执照的，是他花了旅行的路费的，这又得两千佛郎！让他用他的名义吧，不然的话，什么事都不必讲了。”

所以，这位贪婪的资本家就在各点上都得到胜利了。会社的契约就在四点半左右签订了。大高恩德很大方的给施且尔夫人送了一打细丝的台布、一条美丽的特尔诺肩巾，算是他的礼物，使她忘记了辩论的吵闹！（据他这样说）彼此刚刚交换了契约的抄本，葛仓刚刚给柏提—克罗交来撤消诉讼和文据以及鲁先所假造的三张期票，听到了停在门口的转运公司的送货车的逐渐低弱的声音之下，高尔布的叫声就在楼梯上回响了。

“太太！太太！一万五千佛郎！……”他喊着，“鲁先先生从波瓦特尔寄来的现银。”

“一万五千佛郎！”爱薇举起手臂，叫了起来。

“是的，太太，”货差挺身出来说，“保尔都的邮车负责带来的一万五千佛郎，去吧！我有两个人在下面抬钱袋上来。这是吕崩柏礼·查尔登·鲁先先生给您送来的……我给您带上一个小皮包，里面有五百金佛郎给您的，好像还有一封信。”

爱薇好像做梦一般的读着下面一封信：

亲爱的姐姐，这是一万五千佛郎。

我并没有自杀，然而却出卖了我的生命。我已经不是属于我自己的了：我不但是一位西班牙外交家的秘书，而且是他的创造物。

我又开始我的可怕的生活了。也许我不如去自沉。

别了。大卫可以恢复自由了，并且用了四千佛郎，他一定可以购买一家小制纸厂来经营他的财富。

我要您不必再想到

你的可怜的弟弟

鲁先

“人家说过，”来看人家堆垒钱袋的查尔登夫人嚷着说，“我的可怜的孩子总是苦命的，正如他所写的一样，就是做好事的时候，他也是这样的。”

“我们真是死里逃生！”大高恩德走到桑林场的时候叫着说，“再晚一个钟头，这些银钱的光辉就要照耀这张契约，这家伙看了这契约也就会怕了起来，不肯签字。三个月之内，依照他所答应我们的，我们会知道怎么办。”

晚上七点钟，赛里西买了印刷局，付了钱，由他负责来交最后一季的房租。第二天，爱薇拿了四万佛郎交给税务总局局长，用她丈夫的名义买了二千五百佛郎息金的国债。然后，她就给她的公公写信叫他在马尔萨克替她购买一块六千佛郎的土地来坐落她的私产。

大高恩德的计划是惊人的简单的。最初，他认为在缸里胶黏是不可能的。用价格低廉的植物原料加在布褛纸浆里，在他看来这是唯一的真正的发财的办法。所以，他就提议把纸浆的低廉看作不值得注意的，而着重于胶黏纸张的问题。原因是这样的：那时候安古莲的制纸差不多是完全在制造写字用的纸张，这些纸张而且都是必须加以胶黏的。很久以来，这都是安古莲制纸业的光荣。所以，安古莲制造家所有的多年以来的特产和专利就使高恩德兄弟的强求得到胜讼了；而加胶的纸张，我们可以看得出来，却并不在他的投机打算之中。供给写字用的纸是有限度的，而供给印刷用的纸却是无限度的。在他到巴黎去用他的名义请求领取发明特许执照的途中，大高恩德想要确定许多可以在他的制造中发生重大变化的事情。高恩德住在麦持维尔家中，他给麦持维尔许多指示，要于一年之内，用任何工厂都做不到的每令纸的价格的低廉和答应各家报馆供给他们比现在为止大家所用的还要白净、质地还要好的纸张来从各制纸家手中夺出供给报馆纸张的权利。因为报纸的商场是有期限的，所以得有相当的期间来和官场做些秘密的工作，来实现这垄断的买卖；但是高恩德计算当麦持维尔和每日消费二百令纸的巴黎的大报馆订立契约的时候，他却有时间来踢走施且尔。当然高恩德是在某种规定的范围之内使麦持维尔对于这种供给纸的办法感到兴趣的，因为这么一来，他可以在巴黎商场找到一个能干的代表，而不至于在旅行上多花时间。麦持维尔的财产在纸业界中是很可观的，他的发富就是从这里来的。六年的时间，他给巴黎的报馆供给纸张而没有遇到任何可能的竞争者。对于将来的货物的流通已经觉得放心了，大高恩德就回到安古莲来，刚刚好来得及参加柏提—克罗的结婚礼。柏提—克罗已经卖了他的事务所，等着他的接承人的任命，因而去接替查特利伯爵夫人所允许的米罗先生的位置。安古莲的副检事升任为李莫慈的正检事，司法大臣也就派了受他保护的一个人去担任安古莲的检察官，而安古莲的检察官中也正缺了两个月的正检事。这相隔的时间刚刚好是柏提—克罗婚后的蜜月。大高恩德出门的时间，大卫试验了第一缸没有黏胶的纸，比各报馆所用的好得多，他又制造了一缸精美的白羊皮纸，是印刷精装本用的，高恩德印刷局就用它来印一版教区的弥撒书。材料是大卫自己秘密预备好的，因为他除了高尔布和马利昂以外不要其他的工人。

高恩德回来的时候，整个的改变了他的面目，他看着大卫所制造的纸样，并没有表示十分的满意。

“亲爱的朋友，”他对大卫说，“安古莲的买卖是写字用的纸。第一重要的是想方法用现在的成本的百分之五十以下的本钱来制造最好的写字用的纸。”

大卫试制一缸黏胶的写字纸的纸浆，结果得到了一种和刷子一样粗而有凝块的黏胶的写字纸。做完了这实验而得到纸张的那一天，他就一个人静悄悄的走到一个角落里去吞忍自己的悲哀；但是大高恩德却来鼓励他，常常和气的安慰他。

“不要气馁，”高恩德说，“再试验！我是一个好孩子，我了解您，我要走到底！……”

“真的，”大卫回来和他妻子一同吃饭的时候对她说，“我们遇到了好人，我从来没有想过大高恩德是这样的厚道！”

接着他就叙述他和他那毫无信义的合股的社员的谈话。

三个月的时间就在试验之中过去了。大卫睡在纸厂里，他观察着各种成分所造成的纸浆的效果。有的时候，他就认为他的失败是布褛和他的原料渗合在一起的结果，于是他就完全用他的原料成分来做纸浆。有的时候他就想方法来黏胶一缸完全用布褛所制的纸料。用一个极可钦佩的恒心在大高恩德的监视之下进行着他的工作（这位可怜的人已经不再不信任大高恩德了），他从同质的材料试验起，一直试验到和各种不同的黏胶渗合在一起的一切的成分为止。在一八二三年的上半年六个月之间，施且尔·大卫都和高尔布生活在纸厂里边，他忽略了他的寝食，忽略了他的衣着，忽略了他的健康的生活着，如果我们可以说这是生活的话。他这么样失望的和困难争斗着，除了高恩德以外，其他的人都要把这看作一个超卓的戏景，因为这位勇敢的战士一点儿也没有想到利益的问题。有一个时刻，他除了胜利以外什么欲望也没有。他用一种非常的敏锐来察视他所任意把它变成产品的原料的作用，这些原料的本性就在他的秘密的反抗之下被他克制了，他从这里演绎出了不少的工业的法则，他看出人们只能够在顺从事物的最后的关系上得到这些创造，他管这些关系叫作原料的次性。最后，八月初的时候，他终于制出了一种黏胶纸，完全和现今纸厂里所制造而印刷局里用来当校对的纸一样，但是这种纸的出品并不一致，黏胶也并不靠得住。这结果在一八二三年已经算是太好的了，但是对于纸厂却有关系，因为他花费了六千佛郎，而大卫也就希望来解决问题的最后的困难。但是当时在安古莲和湖姆方面都流传了一种奇怪的谣言：施且尔·大卫毁了高恩德兄弟。人家说他吞了三万佛郎的试验费却只得到非常坏的纸，其他被这谣言所恫吓的制造家就保持着老方法；他们妒忌高恩德兄弟，所以，就传播这个公司即将倒闭的谣言。大高恩德运到了许多制造长连纸的机器，让人家相信这些机器是大卫的试验所必要的。但是这位伪君子却在自己的纸浆中渗入了大卫所指示的成分，总是装着逼他去关心黏胶的问题。他给麦持维尔送去了几千几万令的报纸。

九月的时候，大高恩德拉大卫到一边，听说他在思索一个胜利的试验之后，他就劝阻他不必继续这争斗。

“亲爱的大卫，请您到马尔萨克去看看您的夫人，去歇歇吧，我们不愿意毁坏了我们自己。”他很友谊的说，“您所认为大胜利的还不过是一个起点。在进行新的试验之前，我们现在要先等着。请您公道一点！请您看看您的结果。我们不只是制纸家，我们还是印刷家、银行家，然而人家说您毁了我们了……”

施且尔·大卫做出一个非常天真的姿势，用他的善意来抗议。

“要毁坏我们的倒不是丢在查兰特河里的五万佛郎，”大高恩德回答大卫的姿势说，“但是我们并不愿意因为对于我们的诽谤而被迫去用现款付账，我们不得不停止我们的计划。我们到了契约的期限了，我们大家得想想。”

“他有道理！”大卫心里想，因为埋头于大规模的试验，他并没有注意到工厂的动态。

于是，他就回到马尔萨克来了。六个月以来，他每星期六晚上都要到这里来探视他的妻子，一直等到星期二早晨才离开她。受到老施且尔的劝告，爱薇刚刚好在她的公公的葡萄园前面买了一间名叫维柏里的房子，还有三亩地的花园和一个圈在老头儿的葡萄地之内的葡萄园。她非常经济的和她的母亲还有马利昂生活在一起，因为她得留下五千佛郎来付还这块马尔萨克最美丽的产业的价格。坐落在院子和花园之间的房子是用软白石盖成的，屋顶是青石砖的，因为软白石的软性易于雕刻，所以就刻有许多的花纹而没有花费太多。从安古莲来的精巧的家具在乡间看来格外显得可爱，因为那时候在乡间没有人用过奢侈的家具。在花园那一面的屋正面之前种有一列石榴树、橙树和一些稀见的树木，是死在马郎手中的旧房东、一位老将军所手植的。

就是在一棵橙树之下，当大卫和他的妻子、他的小鲁先一块儿嬉戏的时候，孟斯勒的执达吏亲身给他带来一张高恩德兄弟传唤他们的合股经营人到公断所去根据会社契约的条项给他们辩论去。高恩德兄弟请求偿还他们六千佛郎和执照的所有权，同时也请求将来有偶然开发这事业的权利，来赔偿他们因为这毫无结果的试验而花费的过量的开销。

“人家说你毁了他们！”葡萄种植人对他的儿子说，“好，这是你所做而使我满意的唯一的一桩事。”

第二天，爱薇和大卫九点钟的时候就在柏提—克罗的接待室里，柏提—克罗已经变成寡妇的防卫人、孤儿的保护者了。在他们看来，只有他的主意可以顺从。

这官员非常客气的接待他的旧日的主顾，绝对的希望施且尔先生夫妇能够让他有请他们吃午饭的荣幸。

“高恩德兄弟向您们要六千佛郎！”他微笑的说，“您们还得多少来付清维柏里的价钱呢。”

“五千佛郎，先生，但是我只有两千……”爱薇回答说。

“留下您这两千佛郎吧。”柏提—克罗接着说。“瞧，五千佛郎！……您们还得有一万佛郎才能够好好的安居在那里。好吧，两个钟头之内，高恩德兄弟就要给您们带一万五千佛郎来……”

爱薇做了一下惊异的姿态。

“如果叫您们放弃会社的契约所规定的一切的利益而得到一个友谊的和解，”官员说，“您们觉得怎么样？”

“这在我们是很合法的吗？”爱薇说。

“很合法的。”官员微笑的说，“高恩德兄弟真是给您们不少的苦头吃了，我要结束他们的野心。听我的，今天，我是一个官员，我得告诉您们实在的情形。好，高恩德兄弟这时候跟您们要手段，但是您们是在他们的手里。他们所起诉的官司，您们会打赢，如果您们要跟他们干的话。但是，您们愿意再来十年的诉讼吗？人家要增加上许多的签订书和调停，您们也会遇到各种不同的矛盾的意见……并且，”他微笑的说，“我看不出这里有什么法律代言人会给您们防卫……我的接承人没有办法。您们想想，一个坏的调停比一个好的官司还要值得。”

“任何可以使我们安静无事的调停在我看来都是好的。”大卫说。

“保罗！”柏提—克罗呼唤他的佣人，“您去找我的接承人西古先生去！……当我们吃午饭的时候，他可以看高恩德兄弟去。”他对他的旧主顾说，“几个钟头之后，您们就可以回到马尔萨克去，您们是被毁了的，然而却安静无事。用了一万佛郎，您们还可以弄到五百佛郎的息金，您们也可以在小小的产业中过着幸福的日子。”

两个钟头的尽头，正如柏提—克罗所说的一样，西古律师回来了，带了高恩德所签的齐整的契约和十五张一千佛郎的钞票。

“我们真得多多的感谢你！”施旦尔对柏提—克罗说。

“但是我刚刚毁了您们。”柏提—克罗对惊愕的两位老主顾说。“我曾毁坏过您们，我再重复的告诉您们，您们不久会看出来；但是我认识您们，您们宁可被毁坏，而不要一个也许是太晚才能得到的财富。”

“我们对此并不感觉什么兴趣，先生，我们感谢您能够给我们幸福的方法，”爱薇夫人说，“我们永远感激您。”

“我的上帝哪！不要祝福我！……”柏提—克罗说，“您们使我悔疚。但是我相信今天已经补了我的一切罪恶了。我所以能够做官，这是您们的功劳；如果需要感激的话，倒是我需要感谢您们……再见。”

渐渐的，阿尔萨斯人也改变了他对于老施旦尔的意见，这位老头儿对于阿尔萨斯人非常的多情，觉得他和自己一样的不识字不会写，而且容易喝醉酒。老熊就教导这位老胸甲骑兵去管理葡萄田，去售卖出产物，他这样的栽培他，想给他的子孙们留下一个有脑筋的人。因为在他的最后的日子里，他对于他的财产有极大而危险的恐惧。他交了磨坊工人古尔多瓦做他的知己。

“您可以看得出来，”他对他说，“当我下了土穴之后，我的儿孙要出什么岔儿。啊！我的上帝哪，他们的将来真使我发抖。”

一八二九年三月老施旦尔去世了，留下二十万佛郎的地产。

这产业再加上维柏里的产业，就成形了一个庞大的财产，是两年以来经高尔布所精细管理的。

大卫和他的妻子在他的父亲家里找到了差不多十万厄古的金币。一般的传说对于老施且尔的宝库的估计总是加以放大，人家都以为在查兰特全省里，他有一百万的财产。把他们的小产业加上这个继承之后，爱薇和大卫就有差不多三万佛郎的息金了；因为他们在等待时期应用他们的资金，而终于能够在七月的革命时投资在国家里。只等到那个时候，查兰特省和施且尔·大卫才知道大高恩德的家财是如何来的。大高恩德拥有数百万的家财，当了议员，变成了法兰西的世卿，人家并且说他要出任下次内阁的商业部长。一八四二年他娶了这朝代的一位最有势力的政治家的女儿为妻。她名叫鲍宾萝小姐，是巴黎的议员和巴黎一个地区的区长鲍宾萝·安西姆先生的女儿。

施且尔·大卫的发明被法兰西的制纸界所采用了，就好像养料装进肥胖的身体一样。谢谢他把布褛以外的原料引用在制纸的工业中，法兰西能够制造比欧洲任何国家都廉价的好纸。但是正如施且尔·大卫所预见到的一样，荷兰纸不存在了，无疑的，迟早总要建立个王家制纸厂，正如人们创办高伯冷制毯厂、塞夫尔制瓷厂、王家造胰厂和王家印刷局一样，这些工厂到现在为止总算是克制了破坏性的资本家所给他们的打击。

被妻子所爱、当了两位儿子一位女儿的父亲的施且尔·大卫，他有优美的风趣，他从来没有谈到自己的试验，爱薇很聪明的使他放弃了发明家（这些被何勒布山的荆棘所吞没的摩西们）的可怕的职分。他用休憩来培植他的文事，但是他却度着丰裕的地主所有的快乐而闲散的生活。在他对光荣说了声再见之后，他就很勇敢的把自己列在空想家和搜集家的阶级之中；他献身于昆虫学，研究了一直到现在为止还是这样秘密的昆虫的生命的变化，现今的科学只知道这些变化的最后的阶段。

大家都听说柏提—克罗当高等检察官的成功；他是著名的普鲁凡地方的维纳的敌人，而他的野心要做到波瓦特尔王家法院的院长。

常常被判政治罪的赛里西使人家常常谈到他。他是自由党所损失的孩子之中的最大胆的一个，所以人家就给他一个绰号，叫他作“勇敢的赛里西”。被柏提—克罗的接承人迫着去售卖他在安古莲所有的印刷局，他就在外省的幕景中找到了一个新的生存，是他的戏角的天才所能使其光耀的。一位剧中的情妇逼着他到巴黎去从科学中来寻求抵抗爱情的资源，而他也在那里想方法去制造自由党的恩宠。

至于鲁先，他回到巴黎之后的生活则是“巴黎生活之场景”的问题。

一八四三年